A Faint Cold Fear Thrills Through My Veins · William Shakespeare

Zu diesem Buch

> «Bei den letzten Glockenschlägen, auf der leeren, nächtlichen Kleinstadtstraße, hatte ich plötzlich eine Idee ... Nein, den Schatten, den Hauch einer Idee, wie ich Kutsch töten könnte, ohne gefaßt, ja, ohne überhaupt verdächtigt zu werden.»

Philipp Gohlis muß Ideen haben, denn er ist Kriminalschriftsteller von Beruf. Die Idee aber, den nächsten Mord nicht nur auf dem Papier zu planen, sondern ihn auch selbst auszuführen, wäre ihm nie gekommen, wenn er nicht zufällig beim Friseur in einer Illustrierten das Foto von Arno Kutsch entdeckt hätte. Gohlis kennt den ebenso erfolgreichen wie skrupellosen Bauunternehmer nicht; aber er hat Arno Kutsch, den opportunistischen Sanitäts-Hauptfeldwebel, während des Krieges in Rußland gekannt und unter seinen Schikanen gelitten.

Schlagartig war sie da, die Erinnerung an die Zeit vor 36 Jahren. Es war Krieg gewesen, und er hatte mit seiner Einheit in der Ukraine gelegen. Und dort hatte er Tanja getroffen, ein Mädchen so heiter und zart wie der Frühling in jenem Jahr. Auch Kutsch hatte ein Auge auf Tanja geworfen gehabt, aber Tanja hatte ihn, Gohlis, geliebt. Kutsch hatte ihr die Niederlage heimgezahlt. Auf eine teuflische Art.

Der alte Haß wacht wieder auf. In all den Jahren hat er nichts von seiner brennenden Schärfe verloren. Gohlis weiß, daß er keine Ruhe finden wird, bevor er nicht mit Kutsch abgerechnet hat.

> «Ich blieb stehen, lehnte mich an einen Baumstamm und schloß die Augen, damit sich der Schatten, der Hauch einer Idee nicht verflüchtigte, sondern ein bißchen konkretere Gestalt annähme ...
>
> Das gelang mir nicht, denn eine Männerstimme schreckte mich aus der Meditation: ‹Ist Ihnen nicht gut?›
>
> Ich kannte die Stimme. Ich fuhr zusammen. Vor mir stand Kutsch.»

HANSJÖRG MARTIN, 1920 in Leipzig geboren, war ursprünglich Maler und Graphiker. Nach dem Krieg betätigte er sich als Clown, Journalist, Bühnenbildner, Dramaturg und Schriftsteller. Er hat in den letzten zwanzig Jahren neben fünf Bänden mit Kurzgeschichten 22 Kriminalromane geschrieben, die alle in der Reihe rororo thriller veröffentlicht wurden. Nach vielen von ihnen sind Filme und Fernsehspiele entstanden; Übersetzungen erschienen in den USA und Brasilien und zahlreichen europäischen Ländern. Weitere Werke des Autors sollen hier folgen.

Hansjörg Martin

Dein Mord in Gottes Ohr

Rowohlt

rororo thriller
Herausgegeben von Bernd Jost

32.–35. Tausend September 1985

Veröffentlicht im Rowohlt Taschenbuch Verlag GmbH,
Reinbek bei Hamburg, März 1982
Umschlagfoto Ulrich Kailuweit
Umschlagtypographie Manfred Waller
Redaktion K. Schelf

Gesamtherstellung Clausen & Bosse, Leck
Printed in Germany
680-ISBN 3 499 42590 4

Die Hauptpersonen

Philipp Gohlis	ist Kriminalschriftsteller und plant einen Mord nicht nur auf dem Papier.
Charlotte	weiß nicht, daß sie alles weiß.
Arno Kutsch	hat Haß gesät und glaubt nicht an die Ernte.
Stephan Schnurbusch	wechselt als Musiklehrer vom *Jubilate!* zum *Dies irae*.
Dorothea	singt fröhlich, obwohl man ein *Miserere* von ihr erwartet.
Stock	will sich einen Jux machen.
Dr. Nußbaum	findet das gar nicht komisch.
Duster	singt als Tenor die falschen Lieder.
Matka Mirjam	ist Zigeunerin und hat schon alles im voraus gewußt.
Tanja	wird von allem nichts mehr erfahren.

Haß muß produktiv machen.
Sonst ist es gescheiter,
gleich zu lieben.

Karl Kraus

Ich gestehe, es hat mir Vergnügen bereitet, die Tat zu planen.

Nein, Vergnügen ist vielleicht doch nicht das richtige Wort. Das richtige Wort wäre Reiz. Ein Reiz, wie man ihn vor dem Schachbrett empfinden kann oder am Roulettetisch oder auf einer unbekannten Straße, wenn man ein paar Gashebelmillimeter zu schnell fährt.

Aber auch das stimmt nicht so ganz. Wenn ich den Hergang schon analysiere, dann muß ich auch im Detail, in der Formulierung genau sein. Es stimmt nicht, daß ich Vergnügen empfunden habe, als ich Kutsch tot vor mir liegen sah. Aber die Planung, die Vorbereitung, die nötigen Recherchen – das war alles reizvoll und aufregend.

Ich bin sonst durchaus kein Perfektionist – im Gegenteil.

Manche Leser meiner Geschichten und Romane oder Hörer meiner Hörspiele kritisieren, daß ich Probleme nur anreiße und oberflächlich bleibe, wo sie Tiefgang für notwendig halten.

Daran ist was.

Ich gestehe es nicht gern, allenfalls Freunden, wie schwer es mir fällt, wie es mich langweilt, ja quält, manchen Dingen auf den Grund zu gehen. Ich verlasse mich lieber auf meine Intuition, auf den spontanen Eindruck, den ich von einer Figur, einem Vorgang habe, und ich flüchte mich in die Beschreibung von Farben, Gerüchen, Geräuschen, in der Hoffnung, mir dadurch die mühsame Beschäftigung mit so spröden Dingen wie empirischen Untersuchungen von Motivationen der psychologischen Hintergründe zu ersparen.

Weil ich gelernt habe, ein guter Beobachter zu sein, gehen meine Leser und gelegentlich sogar meine Rezensenten mir auf den Leim.

Aber hier, im Fall Kutsch, war es mit atmosphärischen Details und amüsanten Schlaglichtern nicht getan. Hier ging es um Leben und Tod – und zwar nicht nur für Kutsch, sondern auch für mich. Im Falle einer Entdekkung der Tat, einer Festnahme und Verurteilung auf Grund der Indizien hätte ich eine langjährige Freiheitsstrafe mit Sicherheit nicht überlebt.

Gegen meine Gewohnheit und Neigung mußte ich also präzis und gründlich arbeiten, mußte alle Eventualitäten bedenken – und gerade das hatte für mich, so sonderbar es klingt, den prickelnden Reiz des Neuen.

Das schmeckt alles ein bißchen nach Schutzbehauptung und Rechtfertigung, nicht wahr? Aber ich schreibe diesen Bericht ja nicht als Angeklagter. Ich schreibe ihn als freier, unbescholtener und unverdächtiger Mann.

Für wen?

Nun, in erster Linie für mich selbst.

Es ist ein Irrtum, zu glauben, daß Schriftsteller für irgendwen schreiben. Letztlich schreiben sie immer für sich selbst. Sie sind geradezu Ungeheuer an Egoismus, nein, genauer: an Egozentrik. Das liegt daran, daß ihr Beruf zu den einsamsten Berufen gehört, die es gibt. Viel einsamer als Leuchtturmwärter, Almbauer oder Nachtwächter. Nur weiß ich auch hier wie in manchen anderen Fällen nicht, was eher war: Das Huhn oder das Ei.

Sind Schriftsteller so egozentrisch, weil sie einen einsamen Beruf haben – oder macht ihr Beruf so einsam, weil sie egozentrisch sind . . . sein müssen?

Aber ich weiche aus. Kein Wunder: sonst schreibe ich immer Geschichten, die konstruiert sind, Geschichten mit erfundenen Handlungen, Leuten, Orten, von denen nicht viel einer Nachprüfung standhalten würde, falls mal einer auf den Gedanken käme, nachzuprüfen.

Diese Geschichte hier aber – oder richtiger: Dieser Bericht hier über den Mord an Arno Kutsch –, das ist wirkliches, «gelebtes, volles Leben». Da brauche ich nur reinzugreifen und zu formulieren, da brauche ich mir nichts auszudenken – nicht mal Dialoge, Gesichter, Zimmer, Gerüche ... Das hab ich alles parat, abrufbereit, vor Augen und im Ohr.

Ja ... also dann!

I

Mein Friseur heißt Müller.

Tut mir leid, er heißt wirklich Müller. Ich habe mir ja vorgenommen, in allen Punkten bei der Wahrheit zu bleiben. Wenn ich mir den Friseur für eine erfundene Geschichte ausdenken müßte, dann würde ich jetzt das Telefonbuch aufschlagen und einen zum Typ und Charakter dieses Mannes passenden Namen suchen. Das ist immer ein Spiel im Spiel. Oft erliege ich dabei der Versuchung, den Namen der Figur so zu wählen, daß er etwas Symbolisches hat. Dunkle Gestalten in meinen Geschichten fangen oft mit K an und haben ein U im Namen. Daß dies hier im Bericht auch so ist, daß also der negative Typ Kutsch heißt, ist reiner Zufall, aber die Wahrheit. Und mein Friseur heißt eben in Wahrheit Müller.

Er ist Mitte Dreißig und mehr als nur ein Haareschneider. Aber eigentlich sind ja fast alle Friseure mehr. Sie haben fast alle einen Schuß Bohemien, halb Verführer, halb Quacksalber, sind neugierig – Neugier ist was Gutes! – und meistens sehr geschickt im Umgang mit Menschen.

Mein Müller hatte bis vor acht oder zehn Jahren einen kleinen, engen Laden in der holperigen Straße, die zur Kirche führt. Ich bin schon damals immer zu ihm gegangen, denn ich bin in manchen Dingen sehr konservativ und von Gewohnheiten abhängig. Müller schnitt mir immer die Haare so, wie ich es wollte, ließ an den Seiten und über den Ohren genau die richtige Länge stehen, machte nie dusselige Bemerkungen über meine von Jahr zu Jahr größer werdende Glatze und versuchte nur ein einziges Mal, mir ein Toupet zu empfehlen. Das machte er dann allerdings auch so geschickt, daß ich es ihm nicht nachtragen konnte.

Damals, in dem kleinen Laden an der Kirchstraße, hieß

er noch Wilhelm Müller und hatte einfach HERRENFRISEUR über der Ladentür stehen. Heute, seit ihn eine Erbschaft und zunehmend große Kundschaft ermutigt haben, sich den großen Laden in der Bahnhofstraße zu mieten, zu renovieren und als *COIFFEUR-SALON für die DAME – für den HERRN* zu eröffnen, nennt er sich Will Müller und an der linken Fensterscheibe steht:

«Hier bedient und pflegt Sie das Will-Müller-Team.»

Ich habe diese Karriere vergnügt beobachtet und bin ihm als Kunde treu geblieben, lasse mich jedoch nie von einem der Gänschen oder von dem langlockigen Gesellen aus dem «Team» bedienen und pflegen, sondern nur von Müller selbst, eben weil ich da so meine konservativen Gewohnheiten habe . . . Und außerdem kann ich es mir nicht leisten, große Experimente mit meinem spärlichen Haarwuchs veranstalten zu lassen.

An jenem Dienstag also war ich für 10 Uhr 30 angemeldet. Es war ein sehr schöner Tag im ersten Drittel Mai. Ich ließ mein Auto in der Garage, zog den Trenchcoat an und ging zu Fuß die anderthalbtausend Schritte von meinem Haus zwischen den tulpenblütenbestückten Vorgärten und den gelbflammenden Forsythiensträuchern entlang, die am Rande der öffentlichen Grünanlagen wachsen, tippte grüßend an die Baskenmütze, als ich die hübsche Frau des Studienrats Oeler am offenen Fenster stehen und Kopfkissen ausschütteln sah. Ich lächelte ihr zu, als sie mein Fingertippen mit Lächeln erwiderte, sagte dreißig Schritt weiter «Hallo!» zu dem pensionierten Postbeamten Hamann, der in seinem Garten ein neues Blumenbeet abzirkelte, und war rundum guter Dinge.

Ich hatte schon zweieinhalb Stunden Arbeit hinter mir, einen guten Morgen am Schreibtisch mit fünf Seiten Text, den ich gelungen fand, hatte mit meiner Frau beim Frühstück vergnügt über die Spanien-Reise geredet, die wir uns vorgenommen hatten, und wir waren uns einig geworden, nicht mit Flugzeug oder Bahn, sondern gemütlich mit dem Auto zu fahren, wenn es auch ein paar Tage länger dauern würde. Darauf freute ich mich, denn ich fahre sehr gern Auto – vor allem dann, wenn mich kein Termin treibt.

Es war kühl trotz des Sonnenscheins, also ging ich schneller und war deshalb zu früh in der Bahnhofstraße. So früh war es aber auch nicht, daß es zu einem Besuch oder wenigstens zu einer Stipvisite beim einzigen Buchhändler des Städtchens gereicht hätte. Das brauchte ich jedoch nicht zu bedauern, denn viel ist mit der Buchhandlung sowieso nicht los. Der Besitzer ist ein alter Nazi und verkauft nur sehr ungern Bücher, die literarisch – oder gar politisch – jenseits der Grenzlinie angesiedelt sind, die für ihn bei Dichternamen liegt wie Hans Friedrich Blunck, Hans Grimm und Rudolf Herzog (wer immer das auch gewesen sein mag).

Meine Bücher führt er nur deshalb, weil ich der einzige Schriftsteller im Städtchen bin. Er stellt sie jedoch nie ins Schaufenster. Dort stehen meist Bildbände von wilden oder zahmen Tieren, von der majestätischen Bergwelt, von den deutschen Gartenblumen, von Wald und Feld . . . und Werbeplakate für das Lexikon, in dem Karl Marx mit fünfunddreißig Zeilen erwähnt wird, im Gegensatz zu anderen Nachschlagewerken, wo dem gefährlichen Philosophen zweihundert und mehr Zeilen eingeräumt werden.

Aber Schulbücher hat unser Buchhändler auch, die kann er gut mit seiner Weltanschauung vereinbaren, so, wie die heutzutage und in diesem Bundesland sind.

Am Kiosk gegenüber dem Friseurladen, pardon, Coiffeursalon, kaufte ich mir eine Tageszeitung und eine neue Illustrierte und warf noch einen Blick in die Schaufenster des Kunstgewerbelädchens neben dem Supermarkt.

Wenn ich ehrlich sein will – und das will ich ja unbedingt in diesem Bericht, ich kann es mir nicht oft genug selbst wiederholen –, wenn ich also ehrlich sein will, warf ich den Blick nicht in, sondern durch das Schaufenster des Kunstgewerbelädchens, denn da hatte ich neulich eine wahrhaft entzückende Verkäuferin entdeckt . . . Und ich wollte mich nur vergewissern, ob ich sie heute auch noch so entzückend fand.

Das gelang mir nicht, denn es klopfte mir jemand auf die Schulter. Ich wandte mich um. Der immer fröhliche Kantor der Kleinstadt stand vor mir und lachte mich an: «Na, Schreibtischmörder, wie geht's dir?»

«Danke, Stadtpfeifer, gestern ging's noch!» sagte ich.

«Lust auf 'n Schnaps?»

«Lust schon», sagte ich. «Wenn du mir erst 'ne halbe Stunde beim Haareschneidenlassen zuguckst – dann ja!»

«Soviel Zeit hab ich nicht für die Literatur übrig», sagte er. «Schade!»

«Schade!» bestätigte ich.

«Was schreibst du?» wollte er wissen.

«Ein Drehbuch!» sagte ich. «Fürs Fernsehen.»

«Kannst du nicht mal 'n paar Choräle schreiben? Ich hätte gern mal was Neues – die aus dem Gesangbuch kann ich langsam alle auswendig. Manche sogar von vor- und rückwärts!»

«So einer bist du!» sagte ich. «Laß das bloß deine Kirchenältesten nicht hören. Die lassen dich nie wieder mit den Damen vom Madrigalkreis allein auf der Empore!»

Er lachte. Er lachte hell und gackernd, richtig wie ein Huhn. Seine strapsigen Haare wippten dabei wie Federn um den runden Schädel mit den lustigen Augen.

«Nix wie Schweinkram im Kopf, die deutschen Dichter!» sagte er kichernd.

«Wer hat denn angefangen?» konterte ich. «Du, Berufsorgler!»

Wir schüttelten uns vergnügt die Hände. Ich überquerte die Straße und ging auf Müllers Salon zu.

An der rechten Schaufensterscheibe hatte er ein neues Schild angebracht: *Keralogie* stand darauf – das sah nach wissenschaftlich verbrämtem Haarschnitt aus.

Ich würde mich aber nicht darauf einlassen.

Im Salon war es warm, roch nach Parfum, Shampoo und ein wenig wie in einer alten Hufschmiede nach verbranntem Horn. Das älteste der drei in fliederfarbene Kunstseidenkittel gehüllten Mädchen aus dem Will-Müller-Team kam auf mich zu, als ich blinzelnd an der Tür stehenblieb und meine beschlagene Brille abnahm.

«Guten Tag, Herr Gohlis!» sagte das Mädchen. «Sind Sie für jetzt angemeldet?»

«Ja», sagte ich. «Halb elf!»

Das Mädchen guckte nach der schmiedeeisernen Uhr, die an der Wand über der Kasse angebracht war, und nickte anerkennend, weil der kupfern glänzende große Zeiger genau auf halb stand.

«Darf ich Sie bitten, abzulegen und eine Minute Platz zu nehmen, der Meister kämmt noch. Aber er ist gleich fertig!»

Das sagte sie fließend und ohne abzusetzen, wie ein Anrufbeantworter.

«Ja», sagte ich, zog den Trenchcoat aus, hängte ihn mit der Mütze an den verschnörkelten Garderobenständer und setzte mich auf einen der spinnebeinigen Stahlrohrstühle, die rechts von der Tür aufgereiht standen.

Ich hatte meine Illustrierte und die Zeitung in die Manteltasche gesteckt und war zu bequem, noch mal aufzustehen, um sie zu holen. Deshalb griff ich mir eine der Lesezirkelmappen, die auf der Glasplatte des runden Tischs lagen, der vor der Stuhlreihe die Beine spreizte.

Wenn ich das jetzt alles erinnernd rekonstruiere, kommt es mir unheimlich vor.

Wäre ich statt am Dienstag erst am Mittwoch zum Haareschneiden gegangen, dann hätten auf dem Glastisch andere Lesezirkelmappen gelegen, weil sie jeden Dienstag abend ausgetauscht werden. Hätte die Dame, die Müller kämmte, sich eine weniger schwierige Frisur machen lassen, wäre ich sofort bedient worden und gar nicht erst dazu gekommen, die Lesezirkelmappe aufzuschlagen. Hätte statt dieser Mappe eine andere – irgendeine andere – obenauf gelegen, dann würde ich möglicherweise niemals erfahren haben, daß Kutsch noch lebte und wie er lebte. Und dann – wenn das alles nicht zufällig so abgelaufen wäre – dann hätte der Mord an Kutsch wahrscheinlich nicht stattgefunden.

Aber im Moment, als ich das Foto sah und – noch verwirrt, betroffen – erschrocken zwinkernd den Text las, in diesem Moment war alles Weitere unabwendbar.

2

Arno Kutsch.

Ich erkannte ihn sofort. Ohne die Bildunterschrift gelesen zu haben, wußte ich, daß er es war. Unverändert. Nach 38 Jahren: Der gleiche Gesichtsausdruck. Der gleiche Blick aus den farblos wirkenden Augen. Die gleiche Kopfschräge, leicht in den Nacken geneigt, so daß die Miene etwas Abwartendes, Lauerndes hatte. Die gleiche angehobene linke Augenbraue. Der gleiche gesenkte rechte Mundwinkel bei vorgeschobener Unterlippe.

Ich las, schon schneller atmend vor Erregung, was mit dem Mann los war, dessen Porträt eine halbe Illustriertenseite füllte: Unter der Titelzeile *Ein gewisser Herr K.* mit dem Untertitel: *Wie man ohne Gewissen Multimillionär wird* fand ich eine Reportage über den Bauunternehmer Arno Kutsch, der sich mit ein paar Grundstücken am Stadtrand von Olders, die er in der Schwarzmarktzeit mit Kaffee und Zigaretten erworben hatte, zum Besitzer von Mietshäusern, Wohnblocks, ja ganzen Siedlungen hochspekuliert und -geboxt hatte.

Der Reporter hatte trotz aller Mühe nur einen ungefähren Einblick in die Geschäfte des Immobilienimperiums Kutsch erhalten. Er schätzte vorsichtig, daß Kutsch der Besitzer von mindestens siebzehntausend Wohnungen sei – meist kleine Wohnungen für kleine Leute.

Die Blocks standen fast alle an der Peripherie von Großstädten und immer nahe bei großen Industrieanlagen, Chemiewerken, Maschinenfabriken oder Unternehmen der Bergbaubranche. Ein paar Fotos zeigten graue, einfallslos in die Landschaft geklotzte Menschensilos, noch häßlicher als preußische Kasernen, soweit das möglich ist, ohne die Weite der Exerzierplätze zwischen den Blocks, und doppelt bis dreifach so hoch.

In einem Punkt unterschieden sich die Mietskasernen wesentlich von den Kasernen der Kaiserzeit: Sie waren so schlecht und billig gebaut, daß – so die Zeitschrift – allein in den letzten zehn Jahren durch herabfallende Ziegel, eingestürzte Zwischenwände, lose Geländer, unsichere Treppen nachweisbar zwei Dutzend Bewohner – darunter neun Kinder – zu Tode gekommen waren. Und niemand hatte den Besitzer Kutsch zur Verantwortung gezogen. In der Mehrzahl der Unfälle war nicht mal Anzeige erstattet worden, weil die Hinterbliebenen Angst davor hatten, rigoros auf die Straße gesetzt zu werden.

Aus dem Damensalon kam Müller vom Kämmen.

Das stereotype Lächeln auf seinem runden Gesicht steigerte sich zu einem richtig freundlichen Lachen, wobei er die Oberlippe lüpfte und den goldenen Schneidezahn blitzen ließ. Sogar seine Augen lachten mit. Er mochte mich.

«Guten Tag, hochverehrter Herr Gohlis!» flötete er mit seiner Kleinstadt-Gesangvereins-Tenorstimme. «Bitte entschuldigen Sie die kleine Verzögerung!» und leiser, vertraulich, nahezu verschwörerisch: «Ich hatte Frau Papenfuß unter dem Kamm, wissen Sie! Da gibt's immer Probleme!»

«Jaja», sagte ich und stieg in die Vertraulichkeitsgondel. «Wie der Herre, so's Gescherre . . .»

«Genau!» kicherte Müller mit heftiger Betonung der zweiten Silbe.

Papenfuß war der Vorsitzende unserer Rechtspartei und galt als schwieriger Mann.

Wir waren uns einig, mein Friseur und ich. Auch politisch, wie es den Anschein hatte. Ich ließ mich davon nicht übermäßig beeindrucken, denn ich wußte – oder hielt es jedenfalls für mehr als wahrscheinlich –, daß Müller auch mit Papenfuß kumpelhaft kichern würde, wenn es die Geschäftslage erforderlich machen sollte. Man kann von Angehörigen des Dienstleistungsgewerbes neben Sachverstand und Handfertigkeit nicht auch noch Charakter erwarten.

Wohin sollte das denn auch führen.

Dann müßte es ja sowohl sozialdemokratische wie auch christdemokratische Friseure, Schlachter, Schuster, Klempner und sonstwas geben. Und wo sollten dann die Linksliberalen oder die Rechtskonservativen ihr Kotelett kaufen, sich die Haare schneiden, ihre Stiefel besohlen, ihre verstopften Klosetts reparieren lassen? Von den Kommunisten ganz zu schweigen . . .

«Darf ich bitten?» sagte Müller mit einer einladenden Handbewegung, die mich an einen Menuett-Tänzer erinnerte. «Im rechten Sessel, bitte!»

Ich stand auf, ging durch den Holzperlenvorhang in die Herrenabteilung und setzte mich vor den rechten der drei Spiegel in den gefährlich bequemen Sessel – gefährlich, weil man sich in dem grüngepolsterten Sitzmöbel so wohlig entspannen kann, daß jeder Widerstand gegen die Anträge des Friseurs schmilzt und der Wunsch, sitzen bleiben zu können, einen allzu leicht dazu bringt, sich den Kopf waschen, ölen, massieren, föhnen . . . und wer weiß was alles zu lassen.

Ich hatte mir einmal sogar eine Wasserwelle andrehen lassen, war aber beim Heimkommen vom schallenden Gelächter meiner Frau so ernüchtert worden, daß ich mir geschworen hatte, in Zukunft sämtlichen Versuchungen des verführerischen Friseurs und seines sanften Sessels zu widerstehen.

Müller hüllte mich in einen fliederfarbenen Umhang.

«Wie immer, Herr Gohlis?» fragte er.

«Wie immer, Meister, bitte!» sagte ich und merkte, daß ich das Lesezirkelheft noch in der Hand hielt. Ich schob es auf den breiten Rand des ebenfalls fliederfarbenen Beckens, denn an Lesen war nicht zu denken, da ich für die Prozedur meine Brille absetzen mußte.

Ich versuchte den Schock zu verdrängen, den die unerwartete Begegnung mit der bösesten Epoche meiner Vergangenheit ausgelöst hatte, und überließ mich Müllers Manipulationen.

Während der fliederfarbenbekittelte Friseur meine Haare durch den Kamm zog und mit klappernder Schere stutzte, immer mal einen Schritt zurücktrat und sein Kunstwerk begutachtete, indem er den Kopf schief legte und die Augen zusammenkniff, während er von der Großwetterlage und seiner bevorstehenden Sommerreise nach Teneriffa oder Ibiza oder ich weiß nicht mehr wohin plauderte – wozu ich immerzu nur «Ja» sagte, denn nikken durfte ich nicht –, während das alles mit mir und an mir und um mich herum geschah, dachte ich an die Begegnung mit Arno Kutsch im Sommer des Jahres 1942.

Der Ort lag in der Ukraine und hieß Sumy. Es war ein kleines Städtchen, ich habe keine Ahnung, mit wie vielen Einwohnern, vielleicht sechs- oder acht- oder auch zwanzigtausend, die fast alle in einstöckigen, buntgestrichenen Holzhäusern an ungepflasterten Straßen wohnten. Birken wuchsen in den Lücken zwischen den Häusern und auf den Höfen dahinter. Heruntergelassene Papierrollos, manchmal ein Kerzenleuchter hinter den Fensterscheiben. Hier und da bereits Zeichen von kriegsbedingter Verwahrlosung an den Tür- und Fensterrahmen und Fassaden, fehlende Farbe, zersprungenes Glas ...

Eine gepflasterte Hauptstraße, die einen staubigen Platz streifte. An Geschäfte erinnere ich mich nicht, denn ich habe nie irgendwas gekauft oder kaufen können, als ich dort war. Um den staubigen Platz standen staubige Linden. Mitten auf ihm gab es einen geborstenen Sockel. Darauf hatte ein gußeiserner Lenin gestanden, den Arm mit dem ausgestreckten Zeigefinger nach Westen gehoben. Das Standbild war gestürzt worden. Lenin hatte man abtransportiert, irgendwohin, vielleicht war er inzwischen zu Gewehrläufen, Kanonenrohren oder Helmen geworden. Niedergerissen hatten ihn übrigens diejenigen Einwohner von Sumy, die glaubten, Hitler bringe ihnen

Freiheit und Autonomie. Und abtransportiert hatten ihn die Deutschen. Vielleicht war der eiserne Lenin von Sumy mit anderen Denkmälern der Gegend im gleichen Güterzug weggeschafft worden, in dem auch die ersten Frauen und Männer des Landes in die reichsdeutschen Rüstungsfabriken gebracht worden waren; darunter wahrscheinlich etliche, die sich Freiheit und Autonomie anders gedacht hatten.

Ich erinnere mich an eine hellgrau gestrichene Kirche mit dem Stumpf eines Andreaskreuzes auf der barock wirkenden Kuppel. Sie wurde von den Kolchosen als Lager für Getreide genutzt. Der Pope war schon zwanzig Jahre vor dem gußeisernen Lenin abtransportiert worden. Allerdings in entgegengesetzter Himmelsrichtung.

Sumy war ein hübscher Ort. Er hatte eine gewisse Ähnlichkeit mit der sächsischen Kleinstadt, in der ich vier Jahre Internatsschüler gewesen war. Vor allem der westliche Stadtteil mit dem Fluß glich dem Städtchen meiner Schulzeit. Der Fluß hieß Psjol, glaube ich. Er war nicht reguliert, sondern schlängelte sich malerisch zwischen weidenbewachsenen Ufern durch Sonnenblumenfelder und bunte Wiesen. Dort habe ich, an einem heißen Sommersonntagnachmittag, Tanja zum erstenmal geküßt, das weiß ich noch ganz genau. Aber das war bereits in der sechsten Woche meines Aufenthalts in Sumy, in der sechsten von insgesamt dreizehn Wochen.

Zum Zeitpunkt jenes ersten Kusses kannte ich Tanja schon fast vier Wochen. Verliebt in sie war ich von der ersten Sekunde an, in der ich sie gesehen hatte.

Kutsch hatte ich schon eine Woche früher zu Gesicht bekommen. Das war der Morgen des ersten Tages nach der Nacht gewesen, in der ich in das Lazarett von Sumy eingeliefert worden war.

Sie hatten uns – die Neuzugänge – auf dem Gang untergebracht, der das Hauptgebäude der ehemaligen Schule mit dem villenartigen Anbau verband, in dem früher wahrscheinlich der Schuldirektor gewohnt und das nun die Lazarettverwaltung bezogen hatte. Ich habe keine sehr deutliche Erinnerung an die Szenerie. Da ich hohes Fieber hatte, war alles, was um mich herum vorging, wie in warme Watte gewickelt. Ich weiß nur noch, daß wir ein Bild des Jammers geboten haben, eine Inkarnation des Infernos, dem wir – krank oder verwundet, sterbend oder verstümmelt – gerade entronnen waren. Ich weiß noch, daß neben mir einer lag, der seinen Kopf auf der grauen Wolldecke hin- und herwarf, in Abständen mit den zukkenden, blutleeren Lippen flüsternd nach seiner Mutter rief und sonst in einem hellen, nervtötenden Ton wimmerte wie ein verirrtes Kind. Die Form der Decke über seinem Körper verriet, daß er keine Beine mehr hatte. Dort, wo der Rumpf endete, war die Decke blutgetränkt. Wahrscheinlich waren seine Verbände durchgeblutet.

Ich weiß noch, daß auf der anderen Seite einer lag, der an die Wand starrte, ohne eine Bewegung, mit weit aufgerissenen Augen, stumm, fast ohne Lidschlag und Lippenzucken. Er reagierte auch nicht, als die Ärzte, Krankenträger und der Lazaretthauptfeldwebel von Lager zu Lager gingen, die Zettel an den Bahren entzifferten, mit einer Liste verglichen und uns einteilten, verteilten, kategorisierten – wie eine frisch gelieferte Stückgutsendung.

Sie redeten leise miteinander, kühl und sachlich, kein Zeichen von Mitleid, Ergriffenheit oder gar Entsetzen war ihnen anzusehen, und ich kam mir ausgeliefert vor wie Ware, wie ein Gegenstand.

Später ist mir klargeworden, daß die Ärzte und Pfleger sich gar nicht anders verhalten konnten als kühl, sachlich und distanziert. Wenn sie ihren Gefühlen nur im mindesten nachgegeben hätten, wären sie verrückt geworden, angesichts des Elends, des Irrsinns, mit dem sie immer wieder bei der Ankunft jedes neuen Lazarettzuges von der Front konfrontiert wurden. Auch die sensibelste Seele setzt Hornhaut an, wenn Schmerz, Blut, Tod und Tränen zum Alltagsgeschäft werden.

Zunächst aber, fiebrig, wie gesagt, und erschüttert von dem gerade Überstandenen, empfand ich die Kühle und Sachlichkeit der Aufnahme im Lazarett als abstoßend und demütigend. Dazu kam, daß der Hauptfeldwebel des Lazaretts einen zynisch-brutalen Schnauzton anschlug.

«Können Sie aufstehen?» herrschte er mich an, als die in weiße Kittel gekleideten Ärzte vor meiner Bahre standen. Es war wie ein Peitschenhieb.

«Das weiß ich nicht», erwiderte ich.

«Das wissen Sie nicht?» Er sah auf das Papier, das er in der Hand hielt, und dann mit vorgeschobener Unterlippe wieder auf mich. «Sie müßten das wissen, Mann – gehen Sie selber pissen – oder wollen Sie sich lieber trockenlegen lassen? Von zarter Schwesternhand . . . Wie?»

«Was hat er denn?» fragte der eine Arzt, ein weißhaariger mit rotblauem Gesicht.

«Malaria tertiana, Herr Oberstabsarzt!» rapportierte der Hauptfeldwebel.

«Letzte Temperatur?» fragte der Arzt.

«Neun Komma neun, gestern abend auf dem Truppenverbandsplatz», sagte der Hauptfeldwebel.

«Dann kann er natürlich nicht aufstehen, das ist ja wohl klar!» rügte der Arzt den Hauptfeldwebel.

Der kniff die Lippen zusammen und sah mich an. Ich grinste. Er runzelte die Brauen, als er das bemerkte.

Damit war unsere Feindschaft besiegelt.

«Legen Sie den Mann auf die Zwo», sagte der Arzt.

«Da sind nur noch drei Betten», sagte der Hauptfeldwebel.

«Na und?» fragte der Arzt unwirsch. «Er braucht ja wohl bloß eins! Also auf die Zwo, klar!»

Er sprach einen sehr jungen, schmalen Arzt an, der bis jetzt schweigsam neben ihm gestanden hatte.

«Ihr Fall, Kollege!»

«Jawoll», sagte der junge Arzt.

Dann gab der Oberstabsarzt noch ein paar lateinische Sprüche von sich, die ich nicht verstehen konnte, und wandte sich dem Kameraden zu, der links von mir wimmerte.

Der Hauptfeldwebel rapportierte wieder. Der Arzt hob die durchgeblutete Decke und sagte: «Turnhalle!»

«Jawoll!» schnarrte der Hauptfeldwebel.

«Aber behutsam, wenn ich bitten darf, Herr Kutsch!» sagte der Arzt und ging zur nächsten Bahre.

3

«Trocken lassen?» fragte Müller. «Oder darf ich Ihnen heute mal unsere neue keralogische Kopfwäsche empfehlen, Herr Gohlis?»

«Wenn Sie mir garantieren, daß ich dann wieder einen dichten Haarschopf kriege», sagte ich.

«Das kann man nicht garantieren», wich Müller aus. «Die keralogische Behandlungsmethode verhindert weiteren Haarausfall – aber was einmal kahl ist, das bleibt kahl. Leider. Wenn ich da was Sicheres wüßte! – Aber dann stünde ich auch nicht hier, Herr Gohlis! Dann säße ich auf der Terrasse meines Traumbungalows am Mittelmeer und würde vielleicht ein Buch von Ihnen lesen!»

«Schade, daß Sie dazu erst Millionär werden müssen», sagte ich. «Dabei habe ich unter meinen Lesern auch Hausfrauen, Angestellte und Lehrer ...»

«Na ja, Lehrer», sagte er. «Die haben nun wirklich mehr Zeit als unsereins ...»

Er band mir den fliederfarbenen Umhang ab, pinselte mir den Nacken sauber und griff noch einmal zum Rasiermesser, um ein paar dort stehengebliebene Haare zu entfernen. Das Rasiermesser war schön scharf. Es glitt ohne Kratzen über meine Haut.

Ich erhob mich ungern aus dem verführerisch bequemen Sessel. Müller bürstete mir den Rockkragen ab.

«Danke, Meister!» sagte ich.

«Und Sie überlegen sich die Sache mit dem Ferienhaus noch mal in Ruhe, Herr Gohlis, nicht wahr?» sagte er.

«Ja ... Gewiß ...» erwiderte ich verblüfft. Er mußte mir irgendwas von irgendeinem Ferienhaus irgendwo erzählt haben. Und ich hatte nicht zugehört. Aber es gelang mir, meine Verblüffung zu verbergen.

«Ich rede mit meiner Frau mal drüber!» sagte ich.

Wir gingen zur Kasse. In dem modern auf altmodisch eingerichteten Frisiersalon war natürlich auch die Kasse einer alten Ladenkasse nachgebildet. CASSA stand da in verschnörkelten Buchstaben auf dem von Jugendstilblumen aus Chrom verzierten Rücken des Monstrums.

«Neunfünfzig», sagte Will Müller. «Wie immer . . .»

«Stimmt nicht, Meister», sagte ich lächelnd und gab ihm einen Zehnmarkschein. «Vor gar nicht langer Zeit haben Sie mir noch für drei Mark die Haare geschnitten!»

«Alles ist teurer geworden», sagte er ungerührt und gab mir fünfzig Pfennig zurück. «Vor gar nicht langer Zeit hat ein Brief zwanzig Pfennig Porto gekostet. Und heute ist er dreimal so teuer!»

«Nur meine Honorare sind nicht dreimal so hoch wie damals», sagte ich.

«Da müssen Sie eben mal streiken», riet er.

«Das hilft nichts», sagte ich. «Streik wäre nur sinnvoll, wenn alle Autoren mitmachten – und auch dann kann das Fernsehen, der Funk, können die Verlage noch lange weiter produzieren. Dann graben sie eben die alten Dichter aus, die toten, die sich gegen Mißbrauch und Ausbeutung nicht mehr wehren können. Ein toter Metallarbeiter ist kein Streikbrecher. Mit dem kann man keine Autos herstellen. Aber mit toten Dichtern können sie noch jahrelang Bücher und Programme machen.»

«Da sind die Schriftsteller aber schlecht dran, heutzutage . . .» sagte Müller.

«Heutzutage . . .? Wie immer!» sagte ich. «Schönen Dank, Meister, in zwei – drei Wochen wieder!»

«Soll mir ein Vergnügen sein, Herr Gohlis!» flötete er, half mir in den Trenchcoat, reichte mir die Mütze, hielt mir die Tür auf und machte eine – nein, deutete eine Verbeugung an.

Es hatte sich eingetrübt, aber es regnete noch nicht. Der Wind blies jetzt aus Nordwesten. Er blies ein paar Grade kühler als vorhin. Ich ging über die Straße zum Kiosk, kaufte die Illustrierte, die ich als Lesezirkelmappe bei Will Müller in der Hand gehabt hatte, und machte mich auf den Heimweg.

Die erste Schockwirkung klang ab. Es ging mir wie einem, der sich lange etwas gewünscht hat, der die Hoffnung auf die Erfüllung seines Wunschs schon beinahe aufgegeben hat – und nun, plötzlich, ganz unerwartet bekommt er das Ersehnte doch . . . Und nun ist er auf einmal um eine Sehnsucht ärmer und muß die Leere mit einer neuen Sehnsucht füllen – hat aber so schnell keine . . .

Nein, ich hatte mich nicht danach gesehnt, Kutsch zu begegnen. Ich hatte ihn sogar zeitweilig vergessen. Aber wann immer ich an ihn gedacht hatte, war mein Haß wachgeworden, hatte an der Kette gezerrt wie ein Hofhund – und nun war da auf einmal keine Kette mehr. Ich konnte Kutsch aufsuchen und mit ihm abrechnen. Es war nur noch eine technische, eine organisatorische Frage. Mein Haß hatte ein konkretes Ziel, eine Adresse.

Das veränderte ihn. Es machte ihn nicht heftiger, aber es machte ihn heißer, aktueller, hastiger.

Wenn ich mich überhaupt rächen wollte, dann mußte das sobald wie möglich geschehen – damit mir das Objekt meines Rachedurstes nicht kurz vorher am Schluckauf starb oder mit dem Auto ums Leben kam. Ich wollte ihn selber töten. Eigenhändig, sozusagen. Ich wußte natürlich noch nicht wie, als ich vom Haareschneiden nach Hause ging. Ich hatte noch keinerlei Vorstellung oder Plan oder Idee, aber ich wußte schon, daß ich es tun würde, tun mußte. Und ich war kein bißchen unruhig oder ängstlich, als mir das klarwurde.

Das einzige, was mich irritierte, war die Unsicherheit, ob ich Charlotte einweihen sollte.

Wir sind schon mehr als zwei Dutzend Jahre verheiratet. Gut verheiratet, bei allem Auf und Ab, das so ein langes Zusammenleben mit sich bringt. Sie ist eine gescheite und geschickte Frau. Ich liebe sie, und zwar auf die unterschiedlichste Weise.

Mal ist es eine väterliche Beschützerliebe. Zum Beispiel, wenn sie ihre Kleinmädchenschnute zieht und Kulleraugen macht, weil sie mit einer Behörde für mich telefonieren soll und das nicht will. Dann wieder liebe ich ihre Art, die sie als Mutter hat, wenn es sich um das Wohl der Kinder dreht, die längst keine Kinder mehr sind – aber immer noch bemuttert werden, wo es nur geht. Dann liebe ich ihre scheuen, kühlen Zärtlichkeiten, und ich liebe ihre Fairness und ihre Unfähigkeit zur Intrige.

Ich weiß, daß sie es nicht leicht mit mir hat, obschon ich nicht der Hallodri bin, den sie vielleicht nur in mir zu sehen vorgibt, weil alle Männer gerne Hallodris sein möchten.

Kurzum, wir sind gut verheiratet, singen miteinander, wenn wir Auto fahren, streicheln uns auch mal am Vormittag, haben gemeinsam Spaß an Chaplin, Grock und Loriot, verabscheuen gemeinsam Schäferhundezüchter, Humorlosigkeit und Heino und sehen dem gemeinsamen Rentenalter mit Gelassenheit entgegen. Was will man mehr?

Doch es war mir völlig klar, daß ich Charlotte, die ich mal Charles nenne und mal Lottchen, aus der Fassung bringen würde, wenn ich ihr von meinem Vorhaben etwas sagen wollte. Sie würde es vielleicht verstehen, aber gewiß nicht billigen, weil sie Todesangst um mich hätte. Und in ihrer Angst würde sie alles mögliche – und unmögliche – anstellen, um mich davon abzubringen.

Sie wußte von Sumy, Kutsch und Tanja, und ich hatte ihr sicher auch vom schlimmen Ausgang berichtet – aber sie würde trotzdem nicht nachempfinden können, daß ich Kutsch nun, da ich ihn hatte, töten mußte. Das bedeutete natürlich, daß ich es ganz allein durchfechten mußte, denn einen anderen Beistand hatte ich nicht – und es bedeutete, wenigstens bis zur Tat, daß ich sie hie und da würde belügen müssen.

Das letzte war schwierig, denn sie hat einen sechsten Sinn für meine Schwindeleien und ist mir in zwei von drei

Fällen immer auf die Schliche gekommen: Wenn ich mal irgendwo mit einer Zufallsbekanntschaft geturtelt, wenn ich mal über unseren Etat Geld ausgegeben hatte – immer hat sie mich erwischt.

Hier aber durfte sie mich nicht erwischen.

Ich warf die Zeitung und die Zeitschriften auf die Flurgarderobe und zog den Mantel aus. Charlotte kam aus ihrem Arbeitszimmer, in dem sie unsere Geld-, Steuer- und Versicherungssachen macht und meine Manuskripte tippt.

«Schön bist du wieder!» sagte sie. «Richtig wie ein Herr und nicht so doll wie ein Künstler!»

«Demnach hat Müller zuviel abgeschnitten», sagte ich und guckte in den Flurspiegel.

Charlotte nahm den Stapel bedruckten Papiers in die Hand, den ich mitgebracht hatte. Sie staunte über die zweite Illustrierte.

«Seit wann kaufst du die denn?» fragte sie. «Findest du den Busen vornedrauf so besonders attraktiv? Oder interessiert dich Sorayas Schicksal, nachdem der Schah nun so ein armseliges Emigrantendasein führen muß?»

«Weder Busen noch Soraya», erklärte ich. «Schlag mal auf . . . ich glaube, Seite fünfunddreißig . . . ja, fünfunddreißig – da steht was über einen alten Freund von mir.»

Sie blätterte.

«Ach . . .» sagte sie. «Kutsch? Arno Kutsch! Das ist der Sanitäter, der dich im Krieg so gepiesackt hat, nicht wahr . . . oder?»

«Ja», sagte ich. «Das ist er!»

Sie hatten mich auf die Station 2 geschafft. Das waren die vier Klassenzimmer im ersten Stock der früheren Schule. Da lagen die nicht so heldischen Kriegsopfer, also diejenigen, die auf dem Altar des Vaterlandes nur ihre normalen Nieren-, Gallen-, Magen-, Herzfunktionen und nicht Arme, Beine oder sonstwie Blut gelassen hatten.

Wir wurden weniger beweihräuchert als die Amputierten, Durchschossenen, Bleigespickten in den anderen Stationen, doch wir beneideten diese nur um die unbezahlbare Tatsache, daß für sie der Krieg zu Ende war.

Unsereins mußte mit erneutem Fronteinsatz rechnen, sobald die Gelbsucht, das Magengeschwür, der Nierenstein, die Herzmuskelentzündung kuriert war. Diese Aussicht zeitigte eine große Anzahl beinahe wissenschaftlicher Praktiken, mit deren Anwendung Heilungsprozesse verhindert oder wenigstens hinausgezögert werden sollten.

Leute mit Fieber fraßen eßlöffelweise Kochsalz, sobald das Fieber zu sinken drohte. Andere mit Nierenentzündungen tropften heimlich Büchsenmilch in ihren Urin, um Eiweiß und Zucker vorzutäuschen. Wieder andere schluckten vor Röntgenaufnahmen Staniolkügelchen in der irren Hoffnung, der untersuchende Arzt könne und werde die dunklen Punkte als Magengeschwüre diagnostizieren . . . und so weiter, und so weiter.

Es wurde ein ständiger Kampf ums Dableiben oder gar Zurück-in-die-Heimat-Geschicktwerden geführt, ein Kampf mit allen Mitteln, von gespielten Krämpfen bis zur Selbstverstümmelung – ein Kampf aus Angst, ein Kampf mit geringen Siegeschancen für die einfachen Soldaten und unteren Dienstgrade.

Wer allerdings für erfolgreiches Töten oder hervorragende Mitarbeit in der Mordmaschinerie bereits ein paar metallene Abzeichen an der Feldbluse hatte, wer gar auf Schulter und Kragen die Embleme des Offiziersstandes trug, der wurde sanfter gepflegt, besser behandelt als das Kroppzeug, die Simulanten, die über schwer zu lokalisierende Schmerzen klagten und wahrscheinlich bloß «Drückeberger» waren.

Ich weiß nicht mehr viel von den ersten acht Tagen im Lazarett von Sumy. Nach der Aufnahme wurde ich von einem russischen Pfleger gebadet und in ein richtiges Bett gepackt, das rechts an die Wand gerückt worden war und vor das links ein Brett kam, damit ich nicht vom Schüttelfrost hinausgerüttelt werden oder im Fieber selber zu wandern anfangen konnte. Ich erinnere mich nicht an Einzelheiten, habe aber den Eindruck, daß ich – von Alpträumen mit Sturmangriffsvisionen abgesehen – sehr glücklich war. Außerordentlich hohes Fieber ohne Schmerzen ist eine wunderbare Sache: Alles ist weicher und größer und leiser. Bewegungen – eigene wie fremde – sind langsam und harmonisch, nur helles Licht ist unangenehm. Und der Kopf kommt einem zu groß vor ... Aber sonst ist die Welt rundherum wundervoll.

Am achten oder neunten Tag sank das Fieber, aber ich brauchte noch nicht Salz zu essen (wovon ich sowieso zu diesem Zeitpunkt noch nichts wußte), weil ich nur mehr 95 Pfund wog, was die Gefahr ausschloß, gleich wieder an die Front geschickt zu werden.

Ich mußte eine weitere Woche im Bett bleiben, und der Stationsarzt verordnete mir «Sonderkost». Das hieß Rotwein mit Traubenzucker und gequirltem Eigelb, doppelte Butterration, täglich einen Liter Vollmilch, Weißbrot, Wurst, Käse, Schokolade und appetitanregende Medikamente, die ich gar nicht brauchte, denn ich fraß wie ein Scheunendrescher – ohne jedoch in dem Maße zuzunehmen, wie es der Doktor erwartet hatte.

Ich weiß noch ganz genau, wie das war, als ich am ersten fieberfreien Tag zum erstenmal das Tablett mit der Sonderkost ans Bett gebracht bekam.

Die Hilfsschwester, die es brachte, hatte ich vorher nie gesehen. Sie war auch erst kurze Zeit im Lazarett und den ersten Tag auf der Station 2. Während die sieben Kameraden links und rechts von mir in oder an ihren Betten saßen und ihren Eintopf löffelten, den ihnen ein Pfleger aus einem großen Topf in die Emaillenäpfe geschöpft hatte, betrat die neue Hilfsschwester unser Zimmer.

Auf dem Tablett, das sie trug, stand eine Karaffe Rotwein. Auf einem weißen Porzellan- oder Steingutteller lag ein halbes, knusprig gebratenes Hähnchen, daneben war eine Schüssel Kartoffelmus und eine zweite Schüssel mit grünem Salat, angemacht mit Sahne.

«Oh!» und «Aaah!» riefen die Kameraden, und es war deutlich, daß die Begeisterungsrufe nicht nur dem Schlemmermenü, sondern vor allem der Hilfsschwester galten. Sie war wirklich zauberhaft.

«War da nicht auch was mit einem Mädchen?» fragte Charlotte. Ich antwortete nicht, und sie fuhr fort: «Du hast mir von dem Schweinehund erzählt, der dich irgendwo in Rußland in einem Lazarett so schikaniert hat ... aber da war doch auch was mit einem Mädchen, nicht wahr? Oder war das woanders? Du hast mir, glaub ich, sogar ein Foto von ihr gezeigt. So 'ne Schlanke mit langem dunklem Haar in einem Badeanzug, stimmt's? Natascha – oder ... ja, Tanja. Jetzt weiß ich es wieder. War das dort?»

«Ja», sagte ich, «Tanja ... in Sumy!»

«Richtig, Sumy!» rief sie. «Wo hast du das Foto? Wo sind überhaupt die Fotos von all deinen Verflossenen? Wir haben seit Jahren nicht mehr davon ...»

«In meinem Arbeitszimmer, glaub ich», sagte ich. «Hinter den Büchern – ich weiß nicht genau. Ich hab sie alle in einen Schuhkarton getan und selber seit Jahren nicht ...»

«Aber das müssen wir uns mal wieder ansehen!» sagte Charlotte. «War das also dort, wo auch die Tanja ...?»

«Ja», sagte ich. «Ich war unheimlich verliebt in das Mädchen. Ja, unheimlich! Vom ersten Augenblick an, als sie mir ein Tablett mit Essen brachte ...»

Ich war sehr froh, daß Charlotte nicht die Frage stellte, die neunundneunzig von hundert Frauen in diesem Moment bestimmt gestellt haben würden: ‹Hast du sie mehr geliebt als mich?› – Denn das hätte ich nicht richtig beantworten können.

In meiner Erinnerung habe ich Tanja mehr geliebt als jede Frau davor und danach, Charlotte eingeschlossen.

Doch das stimmt bei nüchternem Nachdenken natürlich nicht. Es stimmt nicht, weil so eine erste Liebe, noch dazu, wenn sie unter solchen Umständen über jemanden hereinbricht, also von soviel Heimlichkeit umgeben, mit soviel Bedrohung belastet ist, daß eine solche Liebe ein größeres Gewicht hat als alle Tanzbodenflirts, Sommerabendtändeleien, Mondlichtküsse und Heuhaufen- oder Dachkammer-Umarmungen.

Wenn Charlotte mich also gefragt hätte – was sie zum Glück nicht tat – denn sie ist ja, wie gesagt, eine gescheite Frau –, dann hätte ich entweder lügen müssen: ‹Nein – du weißt doch, daß ich keine andere jemals so sehr geliebt habe oder lieben könnte wie dich . . .› – was, genau genommen, nicht einmal eine Lüge war . . . Oder ich hätte ihr die Antwort schuldig bleiben müssen, oder ich hätte sagen müssen: ‹Das läßt sich nicht vergleichen, mein Schatz!›

Es läßt sich wirklich nicht vergleichen! Was weiß denn ich, ob ich mit Tanja nach mehr als zwei Dutzend Jahren noch gesungen hätte beim Autofahren, gemeinsam über Chaplin gelacht oder Heino verabscheut hätte . . .? Möglich ist das schon, denn wir – Tanja und ich – hatten damals auf Anhieb die gleichen Sympathien und Antipathien.

«Sie war sehr hübsch?» fragte Charlotte.

«Ja», sagte ich.

Wir standen immer noch auf dem Flur. Sie hatte die Zeitschrift in der Hand, die ich sonst nie kaufte. Ich lehnte am Türrahmen zum Wohnzimmer. Die Tür war offen.

Ich hoffte, das Telefon möchte klingen – aber es klingelte natürlich nicht.

«War sie klug?» fragte Charlotte.

«Ja», sagte ich . . .

Als Tanja zum erstenmal das Tablett an mein Krankenbett brachte, war mir sofort klar, daß sie nicht nur hübsch und reizvoll, sondern auch klug war.

Die ersten Sätze, die Tanja zu mir sagte, lauteten: «Sie müssen das alles aufessen, nicht wahr! Es ist extra für Sie zubereitet, damit Sie schnell gesund werden, verstehen Sie? Ich möchte bitte nichts mehr auf dem Geschirr finden als die Hühnerknochen, wenn ich es nachher abhole!»

Sie lachte über mein verdutztes Gesicht. «Das ist ein Befehl!» sagte sie noch, wandte sich ab und wippte hinaus.

Ich war verdutzt, weil sie ein so vorzügliches Deutsch sprach, zwar mit dem rollenden R ihrer Muttersprache und den gedehnten Konsonanten, die in der Ukraine gesprochen werden – aber im Satzbau und in der Wortwahl perfekt.

Ich aß, unter den neidvoll-spöttischen Kommentaren der Kameraden, alles auf.

«Die haben dein militärisches Genie entdeckt!» sagte zum Beispiel Frank Marek, ein sudetendeutscher Unteroffizier, der sich seit neun Wochen mit Neuralgie im Kopf an seinem Lazarettbett festhielt und dem es gelungen war, seinem Gesicht den Ausdruck partieller Lähmungserscheinungen zu geben. «Deshalb mästen sie dich, Alter! Je schneller du zunimmst, desto eher werden sie dich wieder an die Front schicken – als General oder so, damit du den Endsieg ein bißchen beschleunigen hilfst. Sonst täten sie dir nicht so 'n Essen auftischen, ist doch klar! Noch dazu von Tanja serviert! Also beeil dich, Kamerad! Iß ordentlich. Du wirst dringend gebraucht!»

Die anderen meckerten vor Vergnügen.

«Heißt die Kleine Tanja?» fragte ich nur.

«Ja, Tanja», erwiderte Marek. «Niedlich, nicht? Das ist eine Studentin aus Charkow. Sie haben seit ein paar Tagen ein halbes Dutzend davon dienstverpflichtet – beschlagnahmt, gewissermaßen. Das ist die hübscheste. Der Spieß hat schon ein Auge auf sie geworfen. Hab ich gestern gemerkt, als ich unten war zum EKG. Er streicht ihr dauernd um den Rock . . .»

«Schade», sagte ich.

«Die hättste auch gerne, wa?» fragte Domaschke, der Berliner, neben mir, der sich im Winter neben dem «Gefrierfleischorden» eine Blasenkrankheit zugezogen hatte und seitdem mit einer Gummihose rumlief und schlief, weil er das Wasser nicht mehr halten konnte.

Ich antwortete nicht, schob das leere Tablett auf den Nachttisch und rollte mich diesmal nicht, wie sonst nach dem Essen, auf die Seite, sondern hielt mich wach, weil ich nicht versäumen wollte, wenn Tanja zum Abräumen kam.

Aber die dicke Schwester Lukretia nahm mein Tablett mit, eine der Nonnen, die uns pflegten, gut und aufopfernd – wenn sie nicht gerade beteten oder Choräle sangen.

«Hat er nicht schön aufgegessen?» flachste Marek. «Sagen Sie es der Tanja, Schwester Lukretia! Er wollte sich eigentlich bei ihr die Lippen abwischen – aber nun muß er wohl den Kissenzipfel nehmen, der Arme!»

Schwester Lukretia lächelte verständnislos und wackelte hinaus.

«Idiot!» sagte ich.

«Das solltest du zu einem fronterfahrenen, großdeutschen Unteroffizier nicht sagen, Gefreiter Gohlis!» sagte Marek. «Auch nicht, wenn sie dich zum General mästen!»

Ich legte mich auf meine Schlafschulter und versuchte einzuschlafen. Es war diesmal schwieriger als sonst, weil mich der Anblick und die Stimme des Mädchens mehr angerührt und aufgeregt hatten, als ich wahrhaben wollte.

Zwei Tage später durfte ich aufstehen. In der Kleiderkammer des Lazaretts verpaßten sie mir kurz danach eine neue Uniform, da meine alte in der Entlausung so eingegangen war, daß ich weder in Hose noch Feldbluse mehr hineinpaßte. Die neue Uniform war auch nicht gerade ein Inbegriff an Eleganz und Schick, aber das war mir ohnehin gleichgültig.

Zwei weitere Tage darauf bekam ich die Erlaubnis, das Lazarett in den sogenannten Freistunden zu verlassen. Ich besaß in meinem zum Glück noch vollständigen Gepäck einen kleinen Aquarellkasten, ein paar Pinsel und einen briefbogengroßen Malblock, denn ich hatte in meiner kindlichen Vorstellung vom Krieg geglaubt, ich könnte an der Front, in den Gefechtspausen, die russische Landschaft malen oder russische Bauern porträtieren.

Das war ein Irrtum gewesen. Kennern der Materie brauche ich nicht zu sagen, warum – aber ich trug mein Malzeug noch im Tornister und nahm es jetzt in der malerischen Kleinstadt am Ufer des Flüßchens Psjol heraus, weil ich keine Lust hatte, die mir gewährte Freistundenfreiheit im Soldatenbordell zu verbringen, das hinter der Ortskommandantur zu finden sein sollte, oder in einer der für Militär erlaubten Kneipen bei dünnem Bier und im Machorkamief mit Kameraden Karten zu klopfen.

Es war ein Sonnabendnachmittag Ende August 1942, als ich das erste Mal seit vielen Monaten – schrecklichen Monaten – wieder wie ein freier Mensch unter freiem blauem Himmel ganz allein in bezaubernder, besonnter Landschaft saß und malte.

Ich hatte mir am Ufer des Flusses eine Art Nische im Weidengebüsch gesucht, wie eine Theaterloge, mit Rükkendeckung und freiem Blick auf die Bühne, hatte meine Feldbluse trotz Verbot ausgezogen, weil es sehr warm war, und saß da in dem überaus erotisierenden grauen Trikothemd der großdeutschen Wehrmacht, das um meinen – immer noch recht dürren – Oberkörper schlotterte.

Ich war ganz glücklich, freute mich am Lerchengezwitscher, Insektengesumm, am Geruch vom Schlick des Flüßchens und der Gräser und Blumen – ich weiß nicht mehr, was für Blumen – und tupfte meine Farben aufs Papier: Cœlinblau, ins dunkle Kobalt laufend, für den hohen Himmel, einen Streifen Krapplack mit Ultramarin und einem Hauch Preußischblau gemischt, so daß es ein transparentes Violett gab, dorthin, wo der Himmel den

Horizont berührte . . . und dann Neapelgelb und lichter Ocker für den Kuppelbau der Kirche . . .

Da fiel ein Schatten auf meinen Malblock, und ich sah erschrocken auf, da ich keinen Schritt gehört hatte, guckte blinzelnd hoch und erblickte Tanja.

«Guten Tag», sagte sie.

«Oh!» sagte ich verwirrt und wollte nach meiner Jacke greifen, um sie anzuziehen, denn ich genierte mich in dem graugrünen Schlottertrikothemd. Dabei warf ich die Wasserflasche um, die neben mir stand. Das Wasser gluckerte über die Pappschachtel, in der die Pinsel und Bleistifte lagen, und floß in den Ärmel der Uniformjacke.

Tanja bückte sich im gleichen Moment, als ich aufsprang. Unsere Köpfe stießen heftig zusammen – ich sah kleine rote Sterne und schwarze Punkte fliegen, das Mädchen hielt sich die Stirn.

«Verzeihung!» stammelte ich, verwirrt.

«Es ist meine Schuld», sagte Tanja. «Ich hätte Sie nicht erschrecken dürfen!»

«Neinnein . . .» sagte ich. «Ich habe die Flasche . . .» und wußte nicht weiter.

Wir schwiegen und sahen aneinander vorbei.

Sie hatte zuerst die Fassung wieder, kniete sich auf den sandigen Boden und sammelte die verstreuten Sachen ein. Ich kniete mich daneben. Die Pappschachtel war hinüber. In der Flasche waren nur noch zwei Fingerbreit Wasser. Ich würde neues aus dem Fluß holen müssen, wenn ich weitermalen wollte. Der Feldblusenärmel war pitschnaß. Sonst war alles in Ordnung.

«Das Bild ist nicht naß geworden, Gott sei Dank!» sagte Tanja.

«Nein . . .» sagte ich. «Aber das hätte auch nichts weiter geschadet.»

«Doch», widersprach sie. «Es ist ein gutes Bild!»

«Es ist noch nicht fertig», sagte ich.

«Malen Sie es jetzt fertig?» fragte sie.

«Ja. Ich muß nur neues Wasser holen – aus dem Fluß.»

«Das mache ich!» sagte sie und war schon unterwegs.

Sie trug eine weite, buntbestickte Bluse, einen Hosenrock und flache Sandalen. Es sah sehr reizend aus, wie sie da am Ufer über die Steine balancierte und in die Hocke ging, um Wasser in die Flasche laufen zu lassen.

Sie lachte, als sie zurückkam.

«Sind Sie böse, daß ich Sie so erschreckt habe?» fragte sie mit plötzlich ernst-ängstlichem Ausdruck.

«Aber nein!» sagte ich, nahm ihr die volle Flasche ab und bedankte mich.

«Darf ich zusehen?» fragte sie.

«Ja, bitte . . . Natürlich», sagte ich überrascht. «Wenn es Sie nicht langweilt, Tanja!»

«Oh, Sie wissen, wie ich heiße?»

Ich nickte und war verlegen und ärgerte mich über meine Verlegenheit. Was, zum Teufel, sollte das? Ich brauchte mich doch vor der Bettmieze des Hauptfeldwebels nicht zu genieren . . . Andererseits – sie sah so nett und frisch und jung aus, daß ich mir überhaupt nicht vorstellen konnte, sie habe mit dem primitiven und verlebten Lazarettspieß ein Verhältnis.

Und da ich es mir nicht vorstellen konnte – auch, weil ich es mir nicht vorstellen wollte –, sah ich in ihr das zauberhafte Mädchen, weiter nichts . . . Und da mußte ich mich genieren in meinem graugrünen Schlotterhemd.

Endlich hatte ich die Feldbluse an, die freilich von der Machart und von der bockig-kratzigen Stoffqualität her mit einer Bluse nicht die geringste Ähnlichkeit hatte.

Ich setzte mich wieder hin und versuchte, weiter zu malen. Aber das war schwierig, denn Tanja hatte sich halb links hinter mich, keinen halben Meter entfernt, in den Sand gesetzt und sah mir über die Schulter.

Schon öfter hatten mir Leute über die Schulter geguckt, wenn ich – vor mehr als zehn Monaten, noch als Zivilist, in längst vergangenen, goldenen Zeiten – wenn ich irgendwo meine Staffelei aufgestellt oder den Malblock auf den Knien gehabt hatte.

Das hatte mich nie gestört. Auch die oft dummerhaftigen Anmerkungen der Zuschauer, ihre teils komischen, teils hirnrissigen Fragen hatten mich nicht geärgert. Manchmal hatte ich mir sogar einen Sport daraus gemacht, solche Fragen mit Nonsenssätzen zu beantworten, zum Beispiel auf die Frage: «Warum machen Sie denn den Himmel so lila? Der ist doch in Wirklichkeit grau!» die Antwort: «Lila, werter Herr, ist ein progressives Element somnambuler Kreativität und drückt somit die Aggressivität der homogenen Diluvialität als Faszination aus, das verstehen Sie doch!» – Worauf die Leute immer verdutzt nickten, verstummten und sich nach einer kurzen Anstandspause verzogen.

Aber hier und heute, am Ufer des malerischen Flusses Psjol in der Spätsommersonne, erfüllt von der Freude, für ein paar Stunden dem Lazarett entronnen zu sein, hier störte, nein, irritierte mich die Zuschauerin Tanja sehr, obschon sie schwieg, keine Fragen stellte und keine Bemerkungen zu meinem Bemühen machte, die richtigen Farbtupfer an die richtigen Stellen zu setzen.

Trotz der Irritation gelangen mir ein paar hübsche Effekte: Da floß ein Strich Umbra in einen Streifen Chromoxydgrün, und das sah aus wie Wurzelwerk, da patzte ich nervös einen Klecks Cadmiumrot zwischen die Häuser neben der Kirche und hatte plötzlich Sonne auf den Dächern . . .

Doch insgesamt geriet das Aquarell nicht so, daß mein alter Kunsthochschullehrer mehr als «Na ja . . .» – mit einem langen Aaaa auf dem «Ja» – dazu gesagt haben würde, wenn ich es ihm gezeigt hätte.

Tanja aber fand es wundervoll, rief ein übers andere mal: «Oh!» und sagte: «Sie sind ein Künstler, Herr Gohlis! Nein, ganz wirklich, ein Künstler!»

Um der mißlichen Verlegenheit zu entgehen, in die mich ihr Beifall brachte, fragte ich, woher sie so überraschend gut Deutsch könne, und erfuhr, daß ihre Großmutter aus Deutschland gewesen sei, daß sie bei ihr elf

Jahre gelebt habe und daß die Großmutter mit ihr immer in zwei Sprachen gesprochen habe.

«Das war oft sehr lustig», sagte Tanja. «Sie hat mir die deutschen Märchen hintereinander auf deutsch und dann auf russisch erzählt – so hab ich zwei Sprachen sprechen gelernt. Und das ist jetzt sehr gut für mich, seit die Deutschen im Lande sind!»

Ich hatte sofort eine Frage auf der Zunge – zögerte zwar sie auszusprechen, hätte mich aber daran verschluckt, wenn ich sie verschwiegen hätte:

«Sie finden es also gut, daß die Deutschen hier sind?»

Tanja schwieg. Sie sah mich an. Sie senkte die Augen. Sie biß sich auf die Unterlippe. Sie blickte nach links und nach rechts. Sie sah mich wieder an. Sie sagte immer noch nichts. Sie schüttelte den Kopf, ohne die Augen von mir zu lassen. Ich legte den Malblock in den Sand und reichte ihr die Hand. Sie nahm meine Hand, hielt sie zehn, fünfzehn, zwanzig Sekunden lang fest, atmete tief ein und mit geplusterten Lippen erleichtert aus und lächelte.

Auf dem Fluß kamen zwei flache Kähne gefahren. Im ersten saßen vier Jungen und zwei Mädchen. Im zweiten saßen zwei Jungen und drei Mädchen. Einer der Jungen im ersten Boot hatte eine kleine, runde Ziehharmonika, einer der Jungen im zweiten Boot klimperte auf einer Balalaika. Beide spielten die gleiche Melodie, und die anderen in den Booten summten sie leise mit. Es war eine Melodie in Moll, unglaublich schön und ebenso traurig.

Tanja hatte ihre kühle, feingliedrige Hand aus meiner befreit und stand auf.

Sie rief: «Igooor!» und: «Ninaaa!» und «Alexej!» – laut und fröhlich rief sie und winkte und fügte noch einen russischen Satz hinzu, den ich nicht verstehen konnte.

Die Mädchen und Jungen lachten, riefen was zurück, drehten die Nasen ihrer Kähne auf uns zu und ruderten ans Ufer.

«Das sind alles Freundinnen und Freunde von mir», sagte Tanja.

Ich war nicht gerade überwältigt vor Glück, erhob mich aber trotzdem und setzte ein Lächeln auf, das allerdings die Verblüffung und das Mißtrauen der Mädchen und Jungen nicht zu überwinden vermochte.

Tanja mit einem deutschen Soldaten!

Die Rufe und Plappersätze waren verstummt. Zehn ukrainische Jugendliche standen schweigend im Halbkreis und sahen abwechselnd Tanja und mich an. Zwei der Jungen runzelten die Stirn, und ein Mädchen hatte die Mundwinkel gesenkt und die Unterlippe so vorgeschoben, als ob es gleich ausspucken wollte. Der elfte aus der Gesellschaft hatte die Kähne auf die Steine gezogen und kam jetzt dazu. Tanja sprach russisch mit ihm und zeigte mit der offenen Hand auf mich.

Ich kam mir ein bißchen wie ein Tanzbär vor.

Schließlich sagte Tanja mit erhobener Stimme: «Philipp Radist – *njet* Faschist!» Da lächelten die meisten, und der Junge mit der Balaleika trat auf mich zu und gab mir die Hand.

Ich hatte den Spruch wohl sinngemäß verstanden, aber ich wollte es genau wissen. «Was haben Sie gesagt, Tanja?»

«Das war ein Gedicht», sagte sie lächelnd, während die Jungen und Mädchen nacheinander zu mir traten und mir die Hand gaben.

«Ja», sagte ich händeschüttelnd. «Das habe ich gehört. Aber was bedeutet das?»

«Sie sind Funker», erklärte sie. «Man sieht's am Abzeichen auf dem Ärmel. Ich habe ganz einfach darauf einen Reim gemacht. Funker heißt hier bei uns *radist* – und ich habe meinen Freunden gesagt, daß Philipp, der Funker, kein Faschist ist . . . Sonst hätte Ihnen keiner die Hand gegeben, in dem Kostüm, das Sie tragen!»

«Das ich tragen *muß*», sagte ich.

«Na also!» sagte sie und lachte.

Wir setzten uns im Kreis in den Ufersand. Ich kramte meine Zigaretten aus der Feldbluse und reichte die Schachtel herum. Bis auf zwei Mädchen rauchten alle. Tanja zeigte ihnen mein Kunstwerk, und sie nickten anerkennend.

«Karoscho!» sagten sie und ein paar sagten: *«Very nice!»* Und ein Mädchen sagte: «Guter Bild!»

Wir palaverten in drei Sprachen miteinander. Tanja dolmetschte, wenn es nötig war. Ich merkte, daß sie mich mochte, und ich merkte, daß mein Puls schneller ging, wenn sie mich ansah, daß er zu rennen anfing, wenn sie mir die Hand auf den Arm legte.

Einer der Jungen drängte nach einer Weile zum Aufbruch. Ich hätte sie alle gerne noch dies und das gefragt: Was sie arbeiteten, ob sie zur Schule gingen, studierten, wovon sie lebten und so was ... Aber das ergab sich bei diesem ersten Treffen nicht.

Sie wollten mich nicht in ihrem Boot mitnehmen, weil sie direkt an der Ortskommandantur vorbeirudern mußten – und die Schreibstubenoffiziere und -soldaten hätten beim Anblick eines Deutschen in Uniform mitten zwischen Einheimischen wahrscheinlich gleich Alarm geschrien und mich eingesperrt. Denn jede Verbrüderung mit der Bevölkerung war verboten – wenn auch die Stabszahlmeister, Oberfeldintendanten und was es da an Etappenhelden gab, alle, oder fast alle, ihre Matka zum Bumsen hatten, falls keine anderen Gelegenheiten vorhanden waren.

Und alle – oder fast alle – hatten ihren Iwan, der ihnen gegen Brot, Schnaps und Zigaretten Stiefel aus Juchtenleder, schöne Pelze für die verehrte Frau Gemahlin daheim oder sonstwas besorgte.

Wenn aber so ein kleiner Lazarettinsasse mit Mädchen und Jungen des Landes Boot gefahren wäre oder gesungen hätte – dann wären die einschlägigen Befehle sofort in «Maßnahmen» umgesetzt worden. Und das wollte ich der Gruppe und mir ersparen. Deshalb packte ich mein

Malzeug ein, verwarf den Gedanken, Tanja mein Aquarell zu schenken – das konnte ich später immer noch, aber es würde hier zu Mißdeutungen Anlaß geben –, und sagte reihum *«Doswidania!»* – «Auf Wiedersehen!» – *«Good bye!»* und *«Au revoir.»*

«Wann malen Sie wieder?» fragte Tanja.

«Sobald ich raus kann aus dem Kasten!» sagte ich und freute mich über ihre Frage.

«Vielleicht schon am Sonnabend?»

«Ich hoffe», sagte ich . . . Und dann ritt mich ein kleiner Bosheitsteufel, und ich fuhr fort: «Aber bitte, Tanja, bringen Sie Ihren Freund nicht mit zum Zuschauen, ja! Ich . . . ich . . . ich kann den nicht leiden – und dann wird das Bild nichts.»

«Welchen Freund?» fragte sie erstaunt.

«Den Hauptfeldwebel Kutsch!» sagte ich.

«Iiiii!» rief sie. «Der – und mein Freund? Trauen Sie mir einen so schlechten Geschmack zu?»

«Nicht?» fragte ich, plötzlich sehr fröhlich.

«Aber nein!» sagte sie, zog die schmale Nase kraus, legte den reizenden Kopf schief, zwinkerte, lachte, unterdrückte deutlich irgendwas, das ich fürs Leben gern gehört hätte – wandte sich ab und lief ihren Freundinnen und Freunden nach zu den Booten.

Von dieser Stunde an lebte ich in Sumy nur für zwei Dinge: Für die Rendezvous mit Tanja und für die Post, die dreimal wöchentlich aus Deutschland kam.

4

«Ist die Post schon durch?» fragte ich Charlotte.

Wir standen noch immer auf dem Flur. Mein ganzer Erinnerungsausflug nach Sumy hatte keine drei Minuten gedauert. Die Zeit ist eine wirklich verrückte Einrichtung.

«Ja – drin auf dem Telefonbrett», sagte meine Gute. «Ist aber nichts dabei. Du bist eingeladen, vor dem Seniorenkreis des Deutschen Roten Kreuzes zu lesen . . .»

«Himmel! Was denn?»

«Das überlassen sie dir netterweise. Aber sie zahlen dafür auch nichts.»

«Kriminalgeschichten als karitativer Beitrag zur Altenbetreuung . . . Na ja. Ist ja kein Aufwand . . . Und der Kaffee ist dort meistens ganz gut. Und die alten Leutchen freuen sich über alles, was ihnen geboten wird. Sag mal ruhig zu, Lottchen – wenn es mit dem Termin hinkommt.»

«Okay», sagte sie.

«Sonst?»

«Nein – Drucksachen und eine tischtuchgroße Computerabrechnung von der Plattenfirma – nicht zu verstehen für normale Sterbliche . . .»

«Hältst du dich für sterblich?» fragte ich. «Wo ich so unsterblich in dich . . .»

«Hu!» unterbrach sie mich lachend. «Mach mich nicht erröten!»

Jetzt klingelte das Telefon, als ich gerade die Hand ausgestreckt hatte, um Lottchen zu streicheln.

Telefone klingeln immer im unpassendsten Moment . . .

Timm war dran. Er leitet das Ressort Kriminalfälle, Justiz und so weiter bei der großen Illustrierten, die ich immer kaufe, weil sie zeit- und streckenweise ganz gut gemacht ist. Geschrieben hab ich auch schon für das Blatt: Mal einen Prozeßbericht, mal eine Reportage über die Halligen, die sie dann gar nicht gedruckt, aber immerhin bezahlt haben, mal ein Jahr lang eine Kolumne über Krimis – dies oder das, wie es gerade paßt. Das sind so die Nebenerwerbsquellen, die sich nicht nur lohnen, weil sie gut honoriert werden, sondern die einen darüber hinaus zwingen, mal die Nase über die Schreibtischkante zu stecken.

Timm fragt: «Wie sieht es mit deiner Zeit aus, großer Meister?»

«Für einen Bericht über die Europameisterschaften im Angorakaninchendressieren habe ich keine Zeit», sagte ich. «Aber wenn ich Audrey Hepburn interviewen soll oder die Tochter von Franz Josef Strauß . . .»

«Ist ja 'n kleiner Unterschied», sagte er. «Aber diesmal hab ich dir weder Angorakaninchen noch nostalgische Idole zu bieten – weißblaue Jungfern auch nicht. Es ist ein Prozeß gegen einen Witzbold. Ein Friseur. Der hat anläßlich der Eröffnung eines Nobelpuffs den vierzehn CDU-, zwölf SPD- und vier F. D. P.-Stadtverordneten säuberlich gedruckte Einladungen geschickt mit beigefügtem Gutschein für dreimalige kostenlose Benutzung ‹aller Einrichtungen des Etablissements›, verstehst du?»

«Ja», sagte ich und lachte. «Hübsche Idee! Und nun haben die Herren Kommunalpolitiker von den Gutscheinen Gebrauch machen wollen und sind stinkwütend, daß sie verkohlt worden sind, stimmt's?»

«Stimmt», sagte Timm. «Aber es geht noch weiter. Der Parteifreund Staatsanwalt hat trotz intensiver Bemühung keinen strafrechtlichen Grund zu einer Anklage finden können. Früher wäre das wohl mal als ‹grober Unfug› strafrechtlich verfolgbar gewesen – aber ‹groben Unfug› gibt's heute im StGB nicht mehr. Der Mann – beinahe hätte ich jetzt ‹unser Mann› gesagt – der Mann also hat nun drei Zivilklagen am Hals. Ein CDU-Verordneter verklagt ihn wegen Beleidigung . . .»

«Nur einer?» fragte ich dazwischen.

«Ja», sagte Timm. «Die anderen dreizehn sind ja alle mit ihren Gutscheinen hingegangen zum kostenlosen Gebrauch der Einrichtungen des Etablissements. Nur der eine war aus irgendeinem Grund verhindert. Ich weiß nicht, vielleicht hatte er silberne Hochzeit . . . Ja. Und der Besitzer oder Pächter des Puffs hat den Friseur auf Geschäftsschädigung verklagt und irgendwas Drittes läuft noch – arglistige Täuschung oder so –, ich weiß es im Augenblick nicht. Aber am Dienstag ist die Verhandlung, und ich dachte, du . . .»

Er machte eine kleine Pause.

Ich brach nicht in das erwartete Jubelgeschrei aus.

«Wäre das nichts für dich?» fragte er also.

«Ich weiß nicht», sagte ich. «Das riecht schrecklich nach Kleinstadtmief und langen Unterhosen und nach Eulenspiegelei im Stammtischformat . . .»

«Na ja, wenn du meinst», sagte Timm, hörbar enttäuscht. «Dann muß ich mal sehen, wen ich nach Olders schicke . . .»

«Wohin?» rief ich, hellwach.

«Olders», sagte Timm. «Das ist eine Kreisstadt hundert Kilometer südlich von –»

«Ich weiß», rief ich. «Okay – ich mache das!»

«Nanu», staunte er. «So plötzlich? Hast du in Olders eine sitzen?»

«Nee», sagte ich. «Aber die Gegend ist interessant für mich – aus ganz anderen Gründen. Das erzähle ich dir später mal. Wann, sagst du, ist die Verhandlung?»

«Dienstag im Amtsgericht. Früh halb zehn. Zimmer 238.»

«Ich fahre zwei Tage vorher hin», sagte ich. «Bißchen Hintergrund schnüffeln. Wann brauchst du den Bericht und wie lang soll er sein?»

«Acht bis zehn Blatt . . . Sobald es geht», sagte Timm. «Ich schicke dir am Montag einen Fotografen. Sollen wir ein Hotelzimmer für dich bestellen?»

«Augenblick mal», bat ich, hielt die Sprechmuschel zu und rief Charlotte, die während meines Telefonats weggegangen war.

Sie steckte den Kopf durch die Küchentür.

«Willst du mit nach Olders fahren – vier, fünf Tage?» fragte ich. «Timm will einen Prozeßbericht von dort. Ich habe zugesagt. Sonntag bis Mittwoch, denke ich!»

«Muß ich das so aus dem Stand entscheiden?» sagte sie. «Wo ist das überhaupt?»

Ich winkte ihr zu und sagte ins Telefon: «Wegen des Hotels rufe ich selber dort an – aber eine Bitte habe ich doch: Behaltet es für euch, daß ich hinfahre. Ich möchte gern unerkannt bleiben.»

«Warum das denn?» fragte Timm neugierig.

«Es erschwert die Recherchen», sagte ich, «wenn das Lokalblatt schreibt: Der Krimiautor Gohlis weilt in unseren Mauern, um für die Illustrierte *Komet* den Prozeß gegen XY zu beobachten und darüber zu berichten . . . und so weiter. Dazu mein edles Antlitz als grobes Rasterbild – und ich kann keine Sau mehr was fragen, ohne gleich erkannt zu sein, verstehst du das?»

«Okay», sagte Timm. «Laß uns aber wissen, wo du dort absteigst, damit der Fotograf dich findet. Und gutes Gelingen! Toi, toi, toi!»

«Danke!» sagte ich und legte auf.

Das erste Haus am Platze heißt in Olders *Hotel Stadt Hamburg* und gehört zu jener Sorte Hotels, in denen ganze Familien Arbeit und Auskommen haben. Die unverheiratete Schwester der Wirtin macht mit zwei Mädchen vom Land die zehn Zimmer, die Wirtin selbst kocht. Sie kocht gut und gar nicht geizig. Ihre Schweinebraten mit Rotkohl und Salzkartoffeln, zum Beispiel, sind hervorragend, ebenso die Eintöpfe, wie grüne Bohnen mit Hammelfleisch, Irish Stew und Linsen mit Knackwurst. Man kann von den Küchen solcher Hotels keinen Wagemut erwarten: Ente mit Orangen oder *omelette surprise* sind

Fremdwörter. Es gibt Hausmannskost. Aber die klaren Suppen schlagen jede noch so raffinierte *consommé*.

Der Wirt steht hinter der Theke, dirigiert von da aus den Kellner, der wiederum ein Sohn seines bei Bialystock oder sonstwo gefallenen Bruders ist und in der Hoffnung lebt, das Hotel mal zu erben. Die Hoffnung ist nicht ganz unberechtigt, denn der Wirt ist sechzig – aber seine Leber ist schon fünfundsiebzig und wird mit jedem Korn und jedem Bier einen Tag älter.

Manchmal, an ruhigen Wochentagen, sitzt der Wirt bei den Stammgästen – hier mal eine halbe Stunde, dort mal anderthalbe. Dann macht der Kellner auch die Theke mit, hütet sich aber, selber zu trinken, denn er ist gewarnt von dem unaufhaltsamen Verfall des Onkels.

Die Wirtsleute haben keine Kinder. Das wäre auch ein Wunder, denn ihr Leben verlief in so unterschiedlichem Rhythmus, daß sie höchstens an einem Ruhetag – früher dienstags, jetzt donnerstags – zur Anfertigung eines Kindes hätten schreiten können . . . und da waren beide entweder zu müde oder zu verkatert oder zu sehr damit beschäftigt, das verdiente Geld zu zählen.

Die früher mit Samtportieren, dunkel gebeizten und plüschbezogenen altdeutschen Möbeln ausgestatteten Zimmer sind renoviert worden. Die Wirtsleute haben Duschen und Badekabinen einbauen lassen, haben sich zur Anschaffung neuer, hellerer Möbel entschlossen – schweren Herzens, denn die alten, eichenen hätten es noch lange getan, so, wie die gearbeitet waren – das gibt's ja heutzutage gar nicht mehr –, und statt der dunklen Täfelungen auf den Fluren und der düster geblümten Tapeten und Vorhänge ist jetzt alles in hellen Farben gehalten, was das Haus zwar freundlicher macht, aber in einem seltsamen Kontrast zu den hohen Fenstern, Stuckdecken und zur Bauweise des hundertjährigen Hotels steht.

Die Modernisierung hat dem Stil den Garaus gemacht – aber mir sind eine Dusche, eine gute Matratze und ein Telefon am Bett mehr wert als ein stilvoller Kandelaber, der trübes Licht und dito Stimmung verbreitet, und ein knarrendes Bettgestell aus Urgroßvaters Zeiten – und sei es noch so imposant mit Schnitzereien verziert.

Ich bekam Zimmer 3 im ersten Stock, Fenster zum Hof, der noch nicht renoviert war, außer daß über der alten Wagenremise «Garagen» stand und daß an den eisernen Ringen in der Mauer, an denen früher die Pferde angebunden worden waren, jetzt Plastikgefäße hingen, in denen Begonien wuchsen.

Charlotte hatte leider keine Lust gehabt, mitzufahren. Sie fand den Prozeß uninteressant und «unappetitlich», und an der Stadt Olders samt Umgebung reizte sie auch nichts. Sie hatte mich vergattert, allabendlich anzurufen und mir mehrere Schwüre abgenommen, daß ich nicht allzu viele Fingerbreit von Gottes Wegen abweichen würde.

Ich packte meinen Koffer aus, nachdem ich das Bett sitzend probiert, den Heißwasserhahn überprüft, die Heizung ausgedreht und das Fenster geöffnet hatte. Darauf wusch ich mir die Hände, trödelte noch ein bißchen herum, was ich in Hotelzimmern immer gern tue, und ging dann hinunter ins Restaurant, um Abendbrot zu essen.

Es war Sonnabend, der 15. Mai.

Ich betrat 19 Uhr 45 das altdeutsch eingerichtete und mit dem entsprechenden Zinn, Schmiedeeisen und Schnitzwerk dekorierte und trotzdem ganz gemütliche Restaurant des Hotels und sah Kutsch, noch bevor ich einen Platz gefunden hatte.

Am 24. September 1942 – also vor drei Dutzend Jahren – hatte ich ihn zuletzt gesehen. Aber ich hätte ihn auch dann wiedererkannt, wenn ich nicht darauf eingestellt gewesen wäre, ihn möglicherweise in Olders zu treffen.

Ob das vielen Leuten oder nur mir so geht, kann ich nicht sagen: Ich jedenfalls habe überhaupt kein Gedächtnis für Namen, es sei denn, jemand hat einen Namen, der zu seinem Gesicht paßt wie ein Maßhandschuh.

Da gab's mal einen Stromableser, der Nachtwey hieß. Der sah aus wie eine Eule: riesige Brillengläser über einer kleinen, kurzen, scharfen Hakennase. Das Haar wie Federbüschel über den Ohren, ein paar ungewöhnlich buschige, schrägstehende silbergraue Augenbrauen und ein winziger Mund. Dessen Namen habe ich von der ersten Begegnung an behalten.

Auch eine Frau Dottermusch, die meiner Mutter im Haushalt half, wußte ich von Anfang an immer mit Namen zu nennen, denn sie hatte so eigelbes Haar, wie ich es nie wieder gesehen habe.

Sonst kann ich mir Namen nicht merken. Ich kenne die Gesichter, weiß meist sogar, wo ich sie ungefähr einzuordnen habe – aber ob der Mensch Schramm oder Salzmann oder Dideldumdeidinger heißt, weiß ich nie.

Doch bei Menschen, die ich aus irgendeinem Grund gehaßt habe, prägt sich mir der Name zum Gesicht ein. Da sind Namen zu Symbolen geworden, und hie und da habe ich sie auch als Firmenzeichen für besonders böse Figuren in meinen Geschichten verwendet.

Straubinger, zum Beispiel. So hieß ein Jagdpächter, der mir vor meinen Augen einen jungen Foxterrier kaputtgeschossen hat, als ich fünfzehn war. Straubinger hätte ich sicher wiedererkannt, wenn ich ihm irgendwo begegnet wäre ... Und ich hätte, wie gesagt, auch sofort seinen Namen parat gehabt. Obschon ich ihm nur zweimal persönlich gegenübergestanden hatte: einmal, als er dem kleinen Hund die Hinterhand mit Schrot zerfetzte, und dann vor Gericht, das ihn milde bestrafte, weil er ein verdienter PG war ...

Ich erkannte also Arno Kutsch an jenem Abend auf Anhieb.

Daß er mich wiedererkennen würde, war außerordentlich unwahrscheinlich. Ich war damals, 1942, eben über zwanzig, dürr wie ein Zaunpfahl, blaß, bartlos und im Vollbesitz meines dunkelblonden Haupthaares.

Heute habe ich acht Kilo Übergewicht, einen Schnauzbart, eine veritable Glatze mit einem grauen Kräuselkranz von Haaren drumherum und eine Brille mit leicht getönten Gläsern.

Zur Vorsicht hatte ich mich außerdem mit einem akademischen Titel getarnt und als Dr. Christian Bärwinkel angemeldet und eingetragen. Auf Christian Bärwinkel war ich gekommen, weil die Reisetasche, die ich mithatte, Charlotte gehörte und die Initialen ihres Mädchennamens trug: CH. B. = Charlotte Baldauf.

Ich hatte die Absicht, den Illustriertenauftrag, der mich nicht so sehr interessierte, zu Recherchen über Kutsch zu nutzen. Ich wollte sehen, was für ein Mensch er seit damals geworden war, wollte prüfen, ob mein Haß nach so langer Zeit noch so scharf geblieben war und ob das Objekt dieses Hasses es überhaupt noch verdiente, so, ja, so *mörderisch* gehaßt zu werden.

Da saß ich nun allein am weißgedeckten Zwei-Personen-Tisch des Hotelrestaurants *Stadt Hamburg*, in der Hand die Speisekarte, die der Kellner mir mit einem – für meine Anmaßung viel zu lauten: «Sie wünschen zu speisen, Herr Doktor?» gegeben hatte, und mußte mich zwingen, nicht andauernd über den Rand des heraldisch verzierten Büttenkartons zu dem Tisch zu gucken, an dem – sechs, acht Schritte entfernt – Kutsch mit zwei anderen Männern saß, Bier trank und lachte.

Er lachte satt und fettig und richtig so, wie Klischeekapitalisten lachen. Damals, als ich ihn zuletzt gesehen hatte, vor – meine Güte – vor einem halben Menschenalter! –, damals in Sumy hatte er überhaupt nicht gelacht, jedenfalls nicht, wenn ich mit ihm, wenn er mit mir zu tun gehabt hatte . . .

Es gab mehrere Arten von Hauptfeldwebeln damals. Wie das heute ist, weiß ich nicht. Mir will ja sowieso immer noch nicht in den Kopf, daß es heute überhaupt wieder Hauptfeldwebel und so was alles gibt.

Das liegt daran, daß ich zu denen gehöre, die 1945 fest

geglaubt haben, nun sei es mit dieser Sorte Menschen ein für allemal vorüber – aber das erwies sich sehr bald als grundlegender Irrtum. Sie sind alle noch – oder wieder – da. Wahrscheinlich gibt es auch heute wieder mehrere Arten – so 'ne und solche, da wird die andere Fahne und die andere Uniform kaum was geändert haben. Urtriebe und Charaktereigenschaften werden durch geänderte Vorschriften und Gesetze, durch neue Eidesformeln, durch noch so idealistische Deklarationen nicht verändert.

Damals also gab es Hauptfeldwebel oder Hauptwachtmeister, die sich als «Mutter der Kompanie» fühlten und gebärdeten. Raunzende Bullerköppe, trinkfest, selbstsicher, bauernschlau, die nicht nur ihre Unteroffiziere und Mannschaften, sondern auch die Leutnants im Griff und oft genug mit dem Kompaniechef irgendwelche gemeinsamen Leichen im Keller hatten, so daß auch der Herr Hauptmann von ihnen abhängig war.

Das waren Pragmatiker, leicht zu ertragen, weil sie berechenbar waren und im allgemeinen den lieben Gott einen guten Mann sein ließen, solange ihr Rotwein reichte und keine Lebensgefahr für sie bestand.

Schlimmer waren die Ehrgeizlinge, die Gernegroße, deren Lebensinhalt und -ziel darin bestand, den «besten Haufen» des Regiments zu verwalten.

Das waren meist Kleinbürger, die es sonst zu nichts gebracht und auch zu Hause nichts zu sagen hatten und die nun, dank ihrer Machtfülle, endlich mal jemanden vor sich zittern sahen – und sei es nur vor ihren kleinkarierten Schikanen: «Faltenloser Bettenbau» gehörte dazu und «staubfreier Spind» und Stiefelglanz und Mützensitz und die Makellosigkeit eines Mannschaftsaborts und lauter so lebensnotwendige Sachen.

Am schlimmsten aber waren – damals jedenfalls – die fanatischen Nationalsozialisten, bei denen zum Ehrgeiz auch noch der bedingungslose Glaube an Führer und Reich kam, so daß der arme Kerl, der seine Stiefel nicht ordentlich wichste, nicht nur ein «Schlappschwanz» war, sondern obendrein ein «Volksfeind».

Verstöße gegen die Truppendisziplin waren in den Augen solcher Hauptfeldwebel Vaterlandsverrat und mußten mit den härtesten Strafen geahndet werden.

Kutsch war so einer.

Stur und humorlos, selbstherrlich und zugleich unglaublich empfindlich.

Ich hatte die Mundwinkel verzogen, als ihn der Chefarzt bei meiner Einlieferung ins Lazarett zurechtgewiesen hatte – damit war ich abgestempelt . . . Und da der Bursche ein Gedächtnis wie ein Elefant besaß, mußte ich früher oder später mit Ärger rechnen.

In den ersten Wochen konnte er mir nichts anhaben, denn die bettlägerigen Kranken und Verwundeten konnte er nicht wegen offener Knöpfe, langer Haare, staubiger Stiefel kujonieren. Doch als ich zum erstenmal aufstehen durfte und auf dem Gang hin und her wackelte, gab's auch gleich den ersten Knall: «Auch kranke Soldaten sind Soldaten, Mann!» brüllte er mich an. «Oder meinen Sie, daß Ihre Wehwehchen Ihnen gleich einen höheren Rang verleihen, was?»

Ich blieb stumm, die Hände an der Hosennaht des weiß-blau-gestreiften Krankendrillichs, vor ihm stehen. Was sollte ich darauf antworten?

Er trat auf einen Schritt an mich heran und sah mich aus zusammengekniffenen Augen an. In den grauen Pupillen glaubte ich ein gelbes Licht flackern zu sehen – wie ein Feuerzeugflämmchen –, eigentümlich unruhig und beunruhigend gefährlich.

«Sprache auch verloren, wie?» fragte er leise, aber laut genug, daß der hinter ihm stehende Unteroffizier, eine blasse Arschkriechertype mit Brille und ständig rotgeränderten Augenlidern, ihn verstehen und beifällig prusten konnte, wozu er nur die Oberlippe verzog.

«Nein, Herr Hauptfeld!» sagte ich.

«Na, bitte!» tönte der Spieß, und wieder lauter: «Dann

beantworten Sie mir meine Frage – aber ein bißchen schnell, wenn ich gefälligst bitten darf!»

Ich zitterte, denn ich war nach der langen Liege- und Fieberzeit weder auf Strammstehen noch auf Anpfiffe gefaßt. Auch das dicke Fell, das ich mir bei meiner Zurichtung zum Soldaten angeschafft hatte, war durch die Krankheit stellenweise löcherig geworden.

Kutsch sah, daß ich zitterte, aber er ließ nicht locker. Er betrachtete mich, wie manche Knaben die Fliegen betrachten, denen sie lebend die Flügel ausgerissen haben.

«Nun?» sagte er. «Wollen Sie nicht oder können Sie nicht, Gefreiter ... äh, wie war doch der Name?»

«Gohlis!» schnarrte ich, so gut ich konnte. «Aber ich habe Herrn Hauptfeldwebels an mich gerichtete Anrede nicht als Frage verstanden oder aufgefaßt», fügte ich hinzu.

Der Satz war falsch. Er war grammatikalisch richtig – aber taktisch das Falscheste, was ich sagen konnte. Denn Kutsch merkte an der Formulierung, daß ich zu denen zählte, vor denen er ohnehin Komplexe hatte, zu denen, die ihn, wie er glaubte, verachteten, ihn ständig auf die Schippe nahmen und ihn durchschauten.

«Ach so», sagte er nach einer Drei-Sekunden-Schluck-Pause. «Der Herr Gefreite Gohlis hat die an ihn gerichtete Rede ... haha, ‹an ihn gerichtete Rede› ... na, so was! Ich habe keine Rede an Sie gerichtet, Sie Klugscheißer! Ich habe Sie was gefragt! Ich habe Sie gefragt, ob Sie glauben, daß Ihre Wehwehchen Sie von Ihren Soldatenpflichten ... äh ... äh ...» Er fand das Wort nicht, und ich machte den nächsten Fehler und half ihm: «entbinden!»

Da klappte er den noch offenen Mund zu und atmete tief ein und aus, um sich zur Ruhe zu zwingen. Dann sagte er so leise, daß sogar seine Schreibstubenkreatur sich vorbeugen mußte, um alles mitzukriegen: «Warte nur, mein Junge, dir reiß ich bei der ersten Gelegenheit den Arsch auf, daß dir die Eier klingeln!» – drehte sich um und stiefelte klirrend den Gang entlang, denn er trug Sporen an den Stiefeln, weil er als Kavalleriefeldwebel gedient hatte, ehe er bei der Sanitätstruppe untergekommen war.

Es ist müßig, die weiteren Begegnungen zwischen Kutsch und mir zu schildern, die in kleinen und größeren Zusammenstößen bestanden und zu einem latenten Krieg führten, einem Kleinkrieg, der folgenlos blieb, jedenfalls so lange, wie der Oberstabsarzt zu Kutschs Ärger auf meiner Seite stand. Er hob die schikanösen Maßnahmen, die der Hauptfeldwebel gegen mich traf (Sonntagnachmittag Küchendienst, Streichung des Ausgangs und so weiter, und so weiter), wieder auf.

Der erste Grund dafür war ein medizinischer: Es war ein Phänomen, daß ich trotz Zusatzkost, Sonderkost, Wunschkost, Mastkost nur grammweise zunahm.

Obschon ich «unter Aufsicht» einer Schwester essen mußte, obschon ich erstaunliche Mengen der nahrhaftesten Sachen verputzte, ich nahm in einer Woche, wo ich anderthalb Kilo hätte zunehmen müssen, nur 150 Gramm zu. Sie tippten auf eine Magengeschichte und schickten mich zwei Tage zu einem Spezialisten in ein Luftwaffenlazarett fünfzig Kilometer entfernt, ohne daß der Spezialist, der auch gleich das Fehlen von Parasiten aller Art feststellte, herausfinden konnte, warum ich so mager blieb. Ich konnte und kann das auch höchstens damit erklären, daß ich nicht zunehmen *wollte*.

Aber ich weiß nicht, ob meine Erklärung medizinisch haltbar ist, wenn sie auch gerade damals gut ins politische Konzept gepaßt hätte, weil dieser oberste Feldherr ja immerzu vom Willen redete, der – neben der Vorsehung – der Garant des Sieges sei!

Die Macht meines Willens hatte zwar nichts mit dem Siegeswillen der Nation zu tun – ganz im Gegenteil –, aber Macht ist Macht ...

Und vielleicht verdankte ich meinen langen Lazarettaufenthalt tatsächlich meinem Willen, nicht wieder an die

Front zu müssen. Damit wäre ich dann natürlich auch ein medizinisches Wundertier gewesen – aber nicht für den Internisten, der unser Lazarett leitete, sondern für einen Psychoanalytiker. Doch denen in die Hände zu fallen war in jener Zeit beinahe ebenso lebensgefährlich wie Infanterie-Einsatz an der Front.

Jedenfalls hütete ich mich, jemandem zu sagen, daß ich nicht zunehmen *wollte*.

Der zweite Grund, aus dem mich der Chefarzt bevorzugt behandelte, war, daß er mich hatte zeichnen sehen und mir daraufhin den Auftrag erteilt hatte, ihm ein Exlibris zu entwerfen.

Das war nicht so einfach, denn aus seinem Namen – Thurau – war nichts Symbolisches zu konstruieren ... Und ich weiß heute nicht mehr, was ich damals für ein Kunstwerk zustande gebracht, sondern nur noch, daß ich dafür sehr lange gebraucht habe.

Der dritte Grund war, das hatte ich irgendwie rausgekriegt, daß der Chefarzt Schallplatten sammelte. Ich beschaffte ihm mit Hilfe von ein paar Schachteln Zigaretten und einer Tafel Schokolade und mit Tanjas Unterstützung eine sehr schöne russische Aufnahme mit zwei Schostakowitsch-Symphonien. Das war der reine Opportunismus, denn ich selber hatte nicht für 'n Fünfer Interesse an neuer russischer Musik, verstand auch nichts davon – und es wäre auch gelogen, wenn ich behaupten wollte, daß ich den Chefarzt geliebt hätte.

Der war ruhig, sympathisch, kein Heldenmacher, kein Nazi – wie ich vorsichtigen Andeutungen entnahm –, und im übrigen war er mein Schutz- und Schirmherr gegen die Unbilden der Zeit und des Systems.

Deshalb freute ich mich, als er sich über die Platten freute, und war eifrig bemüht, ihm noch mehr zu beschaffen. Das erwies sich als schwierig, denn es gab nur eine Quelle in Sumy für die Erfüllung solch ungewöhnlicher Sammlerwünsche. Diese Quelle war der alte Musiklehrer des Gymnasiums, den ich durch Tanja kennenlernte. Sie nannten ihn Onkel Stepan. An der Tür seiner versteckten, malerischen Mansardenwohnung in einem zweistökkigen Haus hinter einer zerstörten Brotfabrik stand kein Name.

Tanja sagte mir, er heiße Stepan Stepanowitsch Tschartkow. Sie sagte es so zögernd und unsicher, daß ich von Anfang an daran zweifelte.

Ich habe nie nachgefragt, aber ich bin sicher, Onkel Stepan, Genosse Tschartkow, war Jude, und die Schülerinnen und Schüler des Gymnasiums mochten ihn und hatten seine Tarnung bewerkstelligt, versorgten und betreuten den kleinen, scheuen Mann mit den großen dunklen Augen.

Als Tanja mich zu ihm brachte, war er zwar schon informiert, daß «Philipp Radist – *njet* Faschist» sei, doch er hatte nasse Hände vor Furcht und war heiser vor Angst, als er mich sah. Er sprach ziemlich gut Deutsch, doch es dauerte eine ganze Weile, bis ich sein Vertrauen so weit gewonnen hatte, daß er mehr als das Notwendigste sagte.

Ich gewann sein Vertrauen nicht mit den Lebensmitteln, die ich ihm heimlich brachte und für die er mir, schweren Herzens, eine Reihe seiner Schallplatten gab – ich gewann sein Vertrauen mit einem Büchlein, das ich aus der Lazarettbücherei hatte mitgehen heißen, wo es – sowieso ungelesen und deshalb ohne Gebrauchsspuren – zwischen den Unterhaltungs- und völkischen Durchhaltebüchern stand.

Es war *Mozart auf der Reise nach Prag* in einer hübschen Ausgabe, mit alten Scherenschnitten und Stichen und in Halbleder gebunden.

Das rührte ihn zu Tränen und er bot uns – Tanja und mir – an jenem Nachmittag an, jederzeit zusammen zu ihm in die Wohnung zu kommen, wenn wir mal allein sein wollten oder wenn das Wetter zum Spazierengehen zu schlecht war.

Wir nahmen das Angebot dankbar an, wenn auch nicht ohne Verlegenheit und trafen uns von nun an oft in Onkel

Stepans Mansarde, wo wir auf dem durchgesessenen Biedermeiersofa händchenhaltend hockten und uns küßten, Pläne machten und gegenseitig Geschichten erzählten, wobei wir uns ansahen, als gäbe es nichts zu sehen als den andern.

Onkel Stepan verzog sich in die Kammer nebenan, wo wir ihn – vor Glück sowieso taub und blind – nicht hörten und manchmal völlig vergaßen, bis er an die Wand klopfte und uns mit seiner kratzigen Altmännerstimme an die Zeit erinnerte.

«Es ist gleich sieben, Kinder, Tanjuscha!» rief er dann. «Philipp muß sich beeilen!»

An dem Nachmittag im Oktober – ich glaube, es war der 14. oder 15., aber genau weiß ich es nicht mehr, wie ich auch nicht mehr weiß, was für ein Wochentag es war, ob ein Mittwoch oder ein Sonnabend . . . An dem Nachmittag jedenfalls klopfte er lange vor der Zeit. Und er klopfte anders als sonst: Aufregung und Angst war in seinem Klopfen und auch in seiner Stimme: «Tanja! Philipp! Sie kommen!»

Übrigens lachte Kutsch an jenem Nachmittag doch, als er zwischen den Feldjägern, den Kettenhunden, wie sie im Landserjargon hießen, in das Zimmer kam, in dem wir erschrocken vom Sofa auffuhren, Tanja und ich.

Kutsch lachte.

Er lachte schon damals genau so fettig wie heute im Restaurant des Hotels *Stadt Hamburg* in Olders – sechs, acht Schritte entfernt von meinem weißgedeckten Zwei-Personen-Tisch, an dem ich noch immer saß und die Speisekarte studierte . . .

5

Ich habe anfangs geschrieben, daß ich in diesem Bericht immer die Wahrheit sagen werde und sagen muß.

Das habe ich bisher auch so gehalten, glaube ich, und ich will es auch weiterhin so halten, obschon das, wie ich gestehe, gar nicht einfach ist.

Was ist eigentlich Wahrheit? Wen kann man da fragen?

Die Philosophen von Aristoteles bis Heidegger haben, falls ich das richtig verstehe, allein vier Theorien zum Begriff Wahrheit – doch ich kann mit allen vieren nicht viel anfangen, denn keine deckt die Wahrheit meiner Erinnerungen.

Können Erinnerungen überhaupt wahr sein?

Ich denke, wenn zum Beispiel Kutsch sich in Sumy nicht so verhalten hätte, wie er sich verhalten hat – was für eine Figur wäre er dann wohl in meiner Erinnerung?

Mal angenommen, er hätte an jenem Nachmittag nicht zwischen den Kettenhunden in der Tür gestanden, weil ihm eine Stunde vorher ein Dachziegel auf den Kopf gefallen wäre . . . Mal angenommen, Kutsch wäre ein paar Tage vorher an die Front oder in die Heimat abkommandiert worden und hätte uns nicht denunzieren können . . . Mal angenommen, meine Liebesgeschichte mit Tanja wäre zu Ende gegangen, wie tausend andere Liebesgeschichten zu Ende gehen: Leb wohl, es war sehr schön mit dir . . . Aber . . .

An irgendeinem Aber sterben täglich Liebesgeschichten in der Welt – und außer ein paar Tränen und ein paar Sandkörnern Mißtrauen bleibt keine tiefe Narbe; mal angenommen, das wäre in Sumy so abgelaufen, wie würde mein Bericht von dieser Zeit aussehen? Würde ich Kutsch so schildern, wie ich ihn jetzt schildere? Sicher nicht. Ich würde ihn wahrscheinlich nicht als Freund schildern, aber ich würde ihm nicht die bösen Züge geben, die ich ihm nun gebe: «. . . die Miene hat etwas Abwartendes, Lauerndes . . . Er betrachtete mich, wie manche Knaben Fliegen betrachten, denen sie lebend die Flügel ausgerissen haben . . . Fettige Lache . . .»

Also ist meine wahrheitsgemäße Schilderung schon durch meinen Haß so geprägt, daß sie nicht mehr wahr ist. Also kann, genaugenommen, überhaupt keine Schilderung wahr sein, wenn es dem Schildernden nicht gelingt, seine subjektive Erfahrung mit dem Geschilderten auszuklammern.

Aber wie soll einer schildern ohne subjektive Erfahrung?

Man könnte schreiben: «. . . ich hörte seine fettige Lache, aber vielleicht klang sie nur mir so widerwärtig, weil ich ihn haßte. Möglicherweise war er ein kinderliebender Romantiker, der keiner Fliege was zuleide tun konnte . . .» – und so weiter. Das ist eine Möglichkeit, ja – nur würde der Leser dann fragen: Also was, bitte, war der Mann in Wahrheit: ein Widerling oder ein edler Charakter?

Das ist ein schwieriges Problem, und ich weiche ihm (wieder mal) aus, indem ich mich einfach ins Weitererzählen flüchte.

Aber auch damit habe ich diesmal Schwierigkeiten, denn so ein Bericht, oder Geständnis, wenn Sie wollen, unterliegt anderen Gesetzen als eine fiktive Geschichte, ein Roman, dessen Figuren und Handlungen erfunden und also beliebig veränderbar, austauschbar sind.

Bei einer erfundenen Handlung mit erfundenen Figuren kann man, wenn es nötig ist, auch zu Tricks greifen, damit es vorangeht. Man kann mitten in einem brisanten Dialog ein Telefon läuten oder den Eilboten an der Tür klingeln lassen. Man kann mit dem Zufall operieren. Man kann zum Beispiel Leute zufällig auftauchen lassen, die zufällig irgendwas wissen oder gehört haben, was der Geschichte neuen Antrieb gibt. Man kann – wenn's gar nicht anders geht – Leute krank werden oder gar sterben lassen . . . und so weiter, und so weiter.

Dabei ist das – wenn wir nun schon mal darüber reden, sollte es ruhig verraten werden – dabei ist das also mit dem Erfinden von Handlungen und Figuren, mit dem Sichausdenken von Zufällen so eine Sache für sich: Im Grunde gibt es kaum rundrum erfundene Handlungen und auch kaum rundrum erfundene Figuren und äußerst selten erfundene, konstruierte Zufälle. Manchmal glaubt man als Autor, eine Geschichte frei erfunden zu haben – und dann wird sie einem ganz ähnlich von irgendwem als erlebt erzählt. Oft denkt man, sich eine Figur ausgedacht zu haben – und dann begegnet einem diese Figur unversehens und sieht genauso oder doch nahezu so aus, wie die vermeintlich erdachte Figur und redet auch so und bewegt sich auch so . . . Nur heißt sie vielleicht anders und hat eine andere Funktion, Gott sei Dank, als die Romanfigur, auf deren Originalität man so stolz war.

Gewiß, das ist nicht die Regel – aber es ist kein Geheimnis, daß Geschichten, Figuren, Zufälle oft, ja meist Mischungen aus Dichtung und Wahrheit sind.

Womit wir wieder bei der Wahrheit wären . . .

Ich saß also an jenem 15. Mai abends dem wirklichen Kutsch auf sechs, acht Schritte Entfernung gegenüber.

Die zwei Herren an seinem Tisch sahen nach Honoratioren des Städtchens aus. Er übrigens auch, denn trotz seiner Herkunft vom lateinischen Wort für Ehre schließt der Begriff Honoratioren ja nicht aus, daß die Genannten Schweinehunde sind, eher Ehrabschneider als ehrbare Leute. Denn es sind oft die Reichen und Einflußreichen, und man gewinnt nur selten Reichtum oder Einfluß in diesem Gesellschaftssystem, wenn man nicht eine Wolfs- oder mindestens Hyänen-Mentalität besitzt oder sich anschafft.

Der Mann zur Linken Kutschs war ein ganz und gar rosafarbener Mensch in den Sechzigern, der wie aus Marzipan aussah, wenn man seine Augen außer acht ließ. Die Augen waren klein und blaugrün und strahlten die Sanftmut und den Liebreiz einer grünen Mamba (*Dendraspis viridis*) aus. Er hatte sie zwar hinter einer Hornbrille, aber das verstärkte eher den bösen Eindruck, der auch von dem watteweißen Haarkranz um die spiegelnde Glatze nicht gemildert wurde.

Der Mann zur Rechten Kutschs war mager und grau. Seine Augenbrauen, Augenlider und Mundwinkel senkten sich. Die spitze Nase warf einen so tiefen Schatten auf die Oberlippe, daß ich zuerst glaubte, er trüge ein Bärtchen à la Hitler. Seine Haut glich dem Leder naß gewesener und wieder getrockneter Glacéhandschuhe, und sein Adamsapfel stieg und sank in dem faltigen Hals wie ein eigenständiges Lebewesen – auch dann, seltsamerweise, wenn er weder schluckte noch sprach.

Vor jedem der drei Männer stand ein anderes Getränk. Kutsch trank Pilsner, der Rosafarbene trank Wasser, der Graulederne hatte eine Karaffe Wein vor sich.

Kutsch redete, der Rosafarbene nickte lächelnd dazu, wobei sich ein Grübchen an seiner linken Backe bildete, der Graue hob in Abständen den Blick und sah Kutsch an, ohne sich irgendwie zu äußern.

Ich hätte gern gewußt, wer die zwei so unterschiedlichen Männer waren und wovon Kutsch redete.

Das Lokal hatte sich in den letzten zehn Minuten gefüllt. Sonnabends schienen die besser gestellten Bürger von Olders mit ihren Geschäftsfreunden oder Ehegefährten – oder mit beiden – auswärts zu Abend zu essen.

Alle Tische, bis auf einen, auf dem ein RESERVIERT-Schild stand, waren besetzt. Nur der zweite Platz an meinem und der vierte an Kutschs Tisch waren noch frei. Der Kellner-Neffe hatte mir inzwischen ein gut gezapftes, gepflegtes Bier gebracht und hausgemachte Schweinskopfsülze mit Bratkartoffeln und Remoulade.

«Guten Appetit, Herr Doktor!» hatte er wieder so laut gerufen, als ob sie in diesem Hotel nur alle Jubeljahre mal einen Akademiker beherbergten und das als besonderes Ereignis hinausposaunen müßten.

Die Sülze schmeckte hervorragend, aber ich aß nur ein paar Bissen, weil mir die Aufregung im Magen lag.

Ein sehr großer Mensch betrat das Restaurant. Er fiel nicht nur durch seine Größe auf, sondern auch durch seine Kleidung. Außer einem breitrandigen schwarzen Schlapphut aus der Familie der Kalabreser trug er eine schwarze Pelerine und einen Regenschirm mit geschnitztem Griff, der einen züngelnden Drachenkopf darstellte.

Der auffallende Mensch hängte den Schirm über seinen Unterarm und griff mit der Linken zur Brille, die sich beim Eintritt ins Restaurant beschlagen hatte. Er nahm sie ab und sah sich blinzelnd um, offenbar, ohne was zu erkennen.

Darauf zog er ein mächtiges Schnupftuch aus einer Innentasche, putzte umständlich die Brille, setzte sie wieder auf und ging auf den Tisch zu, an dem Kutsch mit dem Rosafarbenen und dem Grauledernen saß.

Zwei oder drei Schritte vor dem Tisch jedoch blieb der große Mensch wie erschrocken stehen, wandte den Kopf mit dem imposanten Hut nach links und dann nach rechts, entdeckte den freien Stuhl an meinem Tisch und steuerte pelerineschwenkend auf ihn zu.

«Erlauben Sie?» fragte er mit rauhem, aber klangvollem Baß. «Ist es gestattet? Dieser Platz ...?»

«Ja, ja!» sagte ich.

Er nahm den Kalabreser ab. Ein Schwall grauer Haare quoll darunter hervor.

«Danke!» sagte er.

Der Kellner kam und dienerte: «Guten Abend, Herr Professor!»

Ich fühlte mich wie in einem Wiener Kaffeehaus. Nur der Herr Baron fehlte noch.

Der Kellner nahm dem Riesen den Umhang ab. Dazu mußte er sich auf die Zehenspitzen stellen. Dann brachte er Hut und Pelerine an den Kleiderständer, während der grauköpfige Professor sich auf dem Stuhl niederließ. Beide ächzten. Der Riese beim Setzen, der Stuhl beim Besetztwerden.

«Guten Abend!» sagte der Mensch.

«Guten Abend!» gab ich zurück und bemühte mich, ihn nicht neugierig zu mustern, obschon das große, breitflächige Gesicht mit der enormen Nase und dem zerklüfteten Mund sehenswert war.

Während der Sehenswerte die Karte studierte, die ihm der Kellner mit der Frage: «Getränk wie üblich, Herr Professor?» gebracht und darauf ein Nicken geerntet hatte, das den Haarwust in wehende Bewegung versetzte, während der Sehenswerte also die Karte las, trank ich mein Bier aus und beschloß – entgegen meiner ursprünglichen Absicht, das Restaurant zu verlassen –, ein zweites zu bestellen, denn ich hatte das Gefühl, dieser Tischgenosse sei vielleicht eine jener interessanten Zufallsbekanntschaften, die man sich beim Geschichtenschreiben ausdenken muß, die einem die Leser oft nicht glauben, die man im sogenannten wirklichen Leben nur dann macht, wenn man gar nicht darauf gefaßt ist.

Das Interessanteste an dem sehenswerten Zwei-Meter-Menschen waren seine Bewegungen. Gewiß, auch seine Statur, seine urgroßväterliche Kleidung, sein Haarschopf, sein Gesicht – alles war ungewöhnlich, aber seine Bewegungen faszinierten mich vom ersten Augenblick seines Auftretens an.

Wie er sich die Brille abgenommen und geputzt hatte, wie er Hut und Pelerine abgelegt und Platz genommen hatte und wie er nun, mit zurückgelegtem Kopf, die Speisekarte las und wie ihm jedes Seitenumblättern zu einer großen Geste geriet – das fesselte mich, wie mich kaum jemals vorher die Bewegungen eines Menschen gefesselt hatten.

Dabei ist es schwer, zu beschreiben, was daran so ungewöhnlich wirkte: Die Weiträumigkeit, die fließende Eleganz, die an einen Dirigenten vor großem Orchester erinnerte, die Harmonie oder die Selbstverständlichkeit einer Handbewegung, einer Kopfneigung, eines Schulterhebens.

Und das alles hatte nichts Lächerliches, sondern eher etwas von Einsamkeit und tragischer Attitüde, es war von der Grazie, die auch ein Walroß im Zoologischen Garten hat, wenn es sich ins Wasser gleiten läßt: riesig, mächtig, überdimensional – und doch leise, zart und ... ja, und gefühlvoll.

Vor allem aber war alles, was der Mensch tat, richtig. Ich meine, organisch und ohne jede Dissonanz. Mir fiel der Vers ein: «Ich kann den Blick nicht von Euch wenden, ich muß Euch anschaun immerdar ...» – oder so ähnlich. Freiligrath, dachte ich – aber ich war natürlich nicht sicher und hatte jetzt auch keine Lust und Zeit, darüber nachzudenken.

Der Kellner kam mit einer Karaffe dunklem Rotwein, goß meinem Gegenüber ein Glas ein und fragte: «Haben Sie schon gewählt, Herr Professor?»

«Ja, mein Sohn!» raunzte der Riese. «Ich möchte die Berliner Leber – aber wehe, wenn sie nicht zart ist – mit Apfelmus und Zwiebel und Kartoffelpüree, *compris?*»

«Zart wie ... äh ... wie ...» Dem Kellner fiel nichts Passendes ein. Zart wie ein Kinderpopo konnte er nicht gut sagen, und etwas anderes Zartes kam ihm nicht in den Sinn.

«Zart wie ein Andante von Mozart, wolltest du sagen, nicht wahr?» sagte der Riesenmensch grinsend.

«Jawohl, Herr Professor», nickte der Kellner und machte mehrere kleine Verbeugungen.

Ich bat um ein zweites Bier. Er ging davon.

Klar, daß der sehenswerte Mensch ein Musiker war ...

«Er nickt und macht seine kleinen Diener», sagte der Sehenswerte mit seinem rollenden Baß zu mir. «Aber er hat noch nie mit Bewußtsein ein Andante von Mozart gehört, haha! Ich hätte ebensogut sagen können: zart wie ein Capriccio von Liszt, da hätte er auch genickt, der Ahnungslose . . .»

Er hob – wieder mit unnachahmlicher Grandezza – sein Rotweinglas und trank mir zu.

«Zum Wohl!» sagte ich.

«Das ist ein Spätburgunder», sagte er. «Ich trinke ihn seit zwanzig Jahren. Ein wundervoller Wein. Müssen Sie mal kosten!»

Er nahm eines der umgedrehten Apéritifgläser, die auf dem Tisch standen, goß es aus der Karaffe voll und reichte es mir.

Ich war zu verblüfft, um abzulehnen.

«Danke!» sagte ich. «Aber ich will Sie nicht berauben!»

Er schüttelte, mit abwehrend geschlossenen Augen, die Mähne und grunzte. Dann sah er mich wieder an. Seine Augen waren groß und erstaunlich hellblau und hatten um die Iris einen goldgelben Ring.

Ich trank. Der Wein war wirklich wundervoll.

«Sehr gut!» sagte ich.

«Fein, daß er Ihnen schmeckt!» sagte er. «Darf ich Sie einladen?»

«Ich habe mir gerade ein Bier bestellt. Trotzdem vielen Dank!»

«Das lassen wir zurückgehen!» bestimmte er und winkte dem Kellner.

«Wein nach Bier, das rat ich dir!» verkündete er. «Ich bin froh, wenn ich nicht allein trinken muß – und außerdem bin ich Ihnen verpflichtet!»

«Sie, mir verpflichtet?»

«Ja, Sie haben mich an Ihrem Tisch aufgenommen. Ich hätte sonst wieder gehen müssen.» Er senkte die Stimme. «Denn bei diesen Herren da drüben wäre mir jeder Schluck und jeder Bissen im Hals stecken geblieben oder wieder hochgekommen!»

Ich sagte nichts und sah ihn nur fragend an.

«Ach – Sie sind nicht von hier?» fragte er.

«Nein», erwiderte ich. «Ich bin nur für ein paar Tage in Olders – geschäftlich, sozusagen.»

«Na ja. Dann kennen Sie die Herren natürlich nicht.» Er wies mit seinem dicken Daumen über die Schulter zu Kutschs Tisch, ohne sich umzusehen. «Der in der Mitte ist der Bemerkenswerteste. Der Dürre zählt nicht mit. Das ist einer vom Kirchenvorstand der Johannesgemeinde. Wahrscheinlich fehlt den beiden anderen seine Stimme noch für die Entscheidung, wer das neue Gemeindezentrum bauen soll . . . ob Kutsch – das ist der in der Mitte – und sein Architekt Hossegg, das ist der Dicke mit dem weißen Haarkranz – oder eine der anderen Baufirmen, die hinter dem Auftrag her sind. Ein Sechs- bis Sieben-Millionen-Auftrag von der Kirche . . . Wie ich den Laden kenne, wird Kutsch wohl das Rennen machen, obschon sie ihn gerade durch die Presse gezogen haben, seiner krummen Geschäfte wegen . . . Aber entschuldigen Sie, ich will Sie nicht mit dem Stadtklatsch . . .»

Er brach verlegen ab und fingerte an seiner Brille.

«Ich bitte Sie», sagte ich. «Mich interessiert das wohl! Mich interessieren Menschen immer. Schon aus beruflichen Gründen, gewissermaßen. Ich bin Psychologe. Wenn Sie erlauben: Bärwinkel!»

Ich lüftete meinen Po vom Stuhlsitz und machte eine Verbeugung.

«Angenehm!» sagte der Sehenswerte, lüftete sein Hinterteil ebenfalls vom knarrenden Stuhl und sagte: «Schnurbusch!»

Wir reichten uns über die Gläser hinweg die Hand und lächelten uns an.

Der Kellner brachte des sehenswerten Professor Schnurbuschs Essen und mein Bier.

«Ach, mein Sohn!» sagte der Riese. «Verkauf das Bier an jemand anderen, bitte, und bring uns noch eine Karaffe Roten und ein zweites Glas! Der Dr. Bärwinkel wird mir beim Burgunder Gesellschaft leisten . . .»

«Ist gebongt, Herr Professor!» sagte der Kellner.

«Guten Appetit!» wünschte ich.

Er aß. Ich sah ihm zu. Auch das war überwältigend. Nie vorher und niemals später habe ich einen Menschen so genußvoll mit Messer und Gabel hantieren, Fleisch schneiden, kauen und schlucken sehen.

«Ah, Psychologe», sagte er in einer längeren Kaupause zwischen Leber, Zwiebel, Kartoffelmus und Apfelmus und sah mich neugierig über den braunen Hornbrillenrand an. Dann kicherte er plötzlich: «'tschuldigen Sie, ich meine es nicht abfällig – aber in was für Geschäften ist denn ein Psychologe auf Reisen? Seelenhandel oder so was, wie? Wie ein Seelenverkäufer sehen Sie eigentlich gar nicht aus – obschon ich natürlich nicht weiß, wie ein Seelenverkäufer aussehen sollte . . . Immer vorausgesetzt, man nimmt es als Bezeichnung für einen Sklavenhändler und nicht als Schimpfnamen für ein morsches Schiff . . . Nichts für ungut, Herr Bärwinkel . . . Ich habe so eine ungezügelte Phantasie und kann dann auch immer meine Zunge nicht im Zaum halten . . . Sie glauben gar nicht, was ich mir damit schon für Ärger eingebrockt habe! Und mit meiner vermaledeiten Neugierde . . . Reporter hätte ich werden sollen statt Musiklehrer. Da hätte ich Karriere gemacht, glaub ich. Neugierde, Phantasie und eine freche Schnauze . . . Ja, Reporter hätte ich werden sollen!»

«Sie sind Musiklehrer, Herr Professor?» fragte ich, als er sich von seiner Tirade verschnaufte und sich dem Rest Apfelmus widmete.

«Ich schenk Ihnen den Professor!» dröhnte er und leiser, vorgebeugt, hinter der Hand: «Das ist ein österreichischer Professor, wissen Sie! Die billige Sorte! Wenn Sie dort an der städtischen Fortbildungsschule einer Mittelstadt den Hütebuben die Tonleiter eintrichtern, sind Sie schon der Herr Professor . . . na ja. Und als ich hier am Gymnasium die Stelle bekam, da haben mir die erste Zeit noch ein paar Leute vom Drautal geschrieben – und immer stand Professor auf den Briefkuverts, na ja . . . Das hat sich dann so eingebürgert hier und richtig böse bin ich, offen gestanden, nie darüber gewesen. Herr Professor klingt – vor allem im Mund von renitenten Schülern – immer noch besser als Herr Schnurbusch, nicht wahr? Und Onkel Stephan sagen Schüler normalerweise nicht zu ihrem Lehrer – obschon ich nichts dagegen hätte. – Aber Sie sind mir eine Antwort schuldig, Herr Bärwinkel ...!»

Ich war bei Onkel Stephan leicht zusammengezuckt – aber dann lächelte ich über seine Hartnäckigkeit, griff zum Weinglas, das der Kellner inzwischen mit der zweiten Karaffe auf den Tisch gestellt und gefüllt hatte. «Danke für die Einladung zum Spätburgunder, Herr Pro- äh – Herr Schnurbusch!» Dann fuhr ich fort: «Es gibt übermorgen einen Prozeß bei Ihnen in Olders. Sie wissen es natürlich. Dieser Streich mit dem Etablissement *Aphrodite Club* ...»

«Nein, weiß ich nicht!» sagte Musiklehrer Schnurbusch.

Ich war erstaunt.

«Das verstehe ich nicht», sagte ich. «Eine so – na ja, also – so wahnsinnig komische Geschichte!? Das Thema füllt doch mit Sicherheit viele Pausengespräche in den Lehrerzimmern. Und Sie wissen nichts davon?»

«Ich bin ja nicht mehr im Schuldienst», sagte Schnurbusch. «Also ist die Informationsquelle Lehrerzimmer für mich versiegt. Ich bin seit zwei Jahren Rentner. Frührentner, um es genau zu sagen ...»

«Frühpensionär, meinen Sie», warf ich ein.

«Nein, Rentner», verbesserte er. «Ich war nur ein angestellter, kein beamteter Lehrer. Um Beamter zu werden, hätte ich noch mal auf die Prüfungsbank gemußt, oder ich hätte das richtige Parteibuch oder die richtigen Verbindungen haben müssen – Loge oder Rotary oder so etwas in der Art. Und alles das wollte und hatte ich nicht. Ergo bin ich nur ein Frührentner. Das heißt, ich bin auf eigenen Wunsch ... Aber was rede ich da – erzählen Sie mir lieber, wenn Sie mögen, die wahnsinnig komische Geschichte vom *Aphrodite Club*!»

Am Tisch Kutschs hatten sich die Männer erhoben. Sie gingen auf die Garderobenständer zu, zogen die Mäntel an und setzten die Kopfbedeckungen auf.

Kutsch trug einen grünen Lodenmantel und dazu eine dunkelblaue Prinz-Heinrich-Mütze. Er war als erster fertig, blieb im Türrahmen stehen und blaffte den langsameren Rosaroten an: «Nun mal los, Hossegg! Bewegung, wenn ich bitten darf!»

Tanja wurde von dem größeren der beiden Feldjäger als erste abgeführt. Sie weinte nicht, sagte nichts, wandte sich nur in der Tür stumm nach mir um und sah mich zwei, drei Sekunden aus ihren großen dunklen Augen an.

«In die Kommandantur, das Flittchen!» sagte Kutsch zu dem Feldjäger.

Und zu mir: «Nun mal los, Gohlis! Bewegung, Mann! ... Wenn ich bitten darf!»

Ich hatte Schwierigkeiten mit meinen Schnürstiefeln. Kutsch wurde wütend.

Er ging, während ich immer noch an den Schuhbändern fummelte, bebend vor Wut, mit kurzen, hackenden, klirrenden Schritten auf und ab, riß mit seiner behandschuhten Rechten einen Wandschrank auf, in dem Onkel Stepans Wäsche lag, knallte die Tür wieder zu, stieß mit dem Stiefel gegen einen der wackeligen Stühle, und dann schrie er los: «Ich gebe Ihnen noch eine Minute, Gohlis! Dann können Sie aber was erleben! Ich laß mich von Ihnen hier nicht auf die Schippe nehmen, verstanden!»

Ich hatte den Schnürstiefel endlich zu, richtete mich auf und knöpfte die Feldbluse zu. Meine Schirmmütze hing an einem Nagel neben der Tür.

«Raus!» schnauzte Kutsch.

Ich glaube, er hätte mich gern geschlagen, aber das wagte er nicht im Beisein des Feldjägers, der nur stur an der Tür stand und ohne irgendwelche Anteilnahme seinen Dienst tat – jetzt also dabei half, einen Soldaten festzunehmen, der sich gegen das Verbot mit einem russischen Mädchen «eingelassen» hatte.

Wir polterten die steile Mansardenstiege hinab: Vornweg der Sanitätshauptfeldwebel, dann ich, hinter mir der Feldjäger.

Ich hatte Mühe, der Versuchung zu widerstehen, Kutsch einen Stoß zu versetzen, der ihn kopfüber die zwölf Stufen hinunterbefördert hätte.

Vor dem Haus standen zwei Kübelwagen. In dem einen saß Tanja und der große Feldjäger. Der andere war leer. Kutsch sagte leise irgendwas, das ich nicht verstehen konnte, zu dem zweiten Kettenhund.

Tanja hatte die Hände im Schoß und den Blick gesenkt. Sie war sehr blaß. An der Ecke des alten Hauses standen ein paar ukrainische Frauen und beobachteten mit steinernen Gesichtern unseren Abtransport.

Kutsch forderte mich auf, in den leeren Kübelwagen zu steigen, setzte sich ans Lenkrad und fuhr los. Ich drehte mich noch mal um. Der zweite Wagen mit den beiden Feldjägern und Tanja bog ab in Richtung Kommandantur. Tanjas Kopftuch flatterte.

«Wenn Sie zu fliehen versuchen, lege ich Sie um!» bellte Kutsch, als ich in einer Kurve eine jähe Bewegung machte.

Ich antwortete nicht. Er fuhr wie eine gesengte Sau durch den Ort und stoppte staubaufwirbelnd mit kreischender Bremse vor dem Anbau des Lazaretts . . .

Ich habe Einzelheiten vergessen. Ob es eine Verhandlung gab oder irgendwas – das weiß ich nicht mehr so genau. Ich weiß noch, daß ich auf den Chefarzt gehofft habe, daß meine Hoffnung aber trügerisch war, denn der Chefarzt hatte am Mittag dieses Tages eine mehrtägige Dienstreise nach Charkow oder Kursk oder in sonst eine der Städte angetreten, wie ich von dem triumphierenden Hauptfeldwebel erfuhr. Ich war ihm also ausgeliefert – und darauf hatte er bloß gewartet.

Irgend jemand hatte Tanja und mich gesehen und denunziert. Kutsch wußte also von unserer Freundschaft. Und da er dem Mädchen erfolglos nachgestiegen war, hatte sich seine Abneigung gegen mich in einen Haß gesteigert, der bei erster Gelegenheit zum Ausbruch kommen mußte.

Ich wurde zu drei Tagen geschärftem Arrest verknackt. Begründung: Befehlsverweigerung. Ohne nähere Angaben.

Der junge und dumm-schnöselige Stabsarzt, der den Chefarzt vertrat, unterschrieb die Bestrafung, ohne mich anzuhören.

Ich saß im Keller des Verwaltungsanbaus in einem halbdunklen, feuchtkühlen Gelaß, das früher mal – dem Geruch nach – der Kartoffelkeller gewesen sein mußte. Und ich bekam tatsächlich nur Wasser und Brot.

Das war nicht weiter schlimm. Viel mehr litt ich unter der Sorge, was mit Tanja geschehen würde.

Am Nachmittag des dritten Tages wurde ich herausgeholt und in die Schreibstube geführt. Kutsch saß an seinem Schreibtisch. Er sagte – ohne mich anzusehen –: «Sie sind als gesund entlassen und werden noch heute abend in Marsch gesetzt. Frontleitstelle Charkow. Ihre Einheit liegt bei Woronesch. Da können Sie dann gleich Ihren Genesungsurlaub machen, soll gesunde Luft dort sein. Eisenhaltig. Ihre Herzensdame ist auch schon auf der Reise, damit Sie sich keine Sorgen machen. Sie ist gestern mit einem Arbeitstransport ins Reich geschickt worden. Die Heimat braucht willige Arbeitskräfte. Und willig war die junge Dame ja wohl, wie?»

Jetzt sah er mich an. Blanker, böser Hohn stand in seinem Gesicht.

Mir stieg heiß die Wut in die Kehle. Ich biß die Lippen zusammen. Es war Wahnsinn, sich provozieren zu lassen und dem Schwein in die Schnauze zu schlagen. Dann würden sie mich in eine Strafkompanie schicken – und das war so gut wie tot.

«Regen Sie sich nicht auf», fuhr Kutsch fort und ließ den Blick genießerisch über mein Gesicht wandern. «Sie ist nicht allein. Onkel Stepan begleitet sie. Wenn auch wahrscheinlich in einem anderen Viehwagen. Ob er im Reich allerdings Gelegenheit hat, weiterhin seine Talente als Kuppler zu beweisen, möchte ich bezweifeln . . .»

Er sah mich lauernd an. Mir war schlecht vor ohnmächtiger Wut.

«Abtreten!» befahl er – und das klang fast enttäuscht, denn er hatte wohl irgendeinen Ausbruch erwartet, der ihm dann die Möglichkeit und das Recht gegeben hätte, mich vor ein Kriegsgericht zu bringen.

Ich machte kehrt und ging hinaus.

Wie betäubt habe ich meine Sachen gepackt und eine neue Montur und Ausrüstung in Empfang genommen. Als mir der Kammerfeldwebel den Karabiner in die Hand drückte und die Patronentaschen mit der abgezählten Munition gab, war ich – die Hand am Gewehrschaft – noch mal drauf und dran, rüber in die Schreibstube zu laufen und Kutsch wenigstens einen Schrecken einzujagen. Doch dann hätte ich auch gleich schießen können – Selbstmord wäre es ohnehin gewesen.

Ich lief also nicht. Ich schoß nicht. Ich wagte nicht mal, zu Tanjas Mutter zu gehen, weil ich mich vor dem Jammer fürchtete, den ich dort finden würde, weil ich Angst davor hatte, daß sie mir Vorwürfe machen würde.

Das einzige, was ich noch tat: Ich gab einer der Hilfsschwestern, die mit Tanja befreundet war, wie ich wußte, die Wurst, das Brot und die Schokolade aus meiner Marschverpflegung für Tanjas Mutter und einen Zettel mit meiner Heimatanschrift und der Bitte, man möge mir schreiben, wo ich das Mädchen finden könne.

Außerdem packte ich ein Päckchen mit zwei Schallplatten, die ich eigentlich hatte für mich behalten wollen, die ich aber nicht mit an die Front nehmen konnte. In Woronesch, wo meine Einheit lag, war Stellungskrieg – und was hätte ich im Schützengraben wohl mit Bachs *Wohl-*

temperiertem Klavier und Schuberts *Schöner Müllerin* anfangen sollen?

Also ließ ich die Platten für den Oberstabsarzt da, legte noch ein paar Bücher in das Päckchen, die ich nicht mitnehmen wollte und konnte, für die ich aber in der Krankenstube keinen Interessenten fand, denn Mörike-Gedichte lasen die Kameraden ebensowenig wie Rilkes *Stundenbuch* oder gar Goethes *Farbenlehre*.

Dazu schrieb ich ein paar Zeilen in der Hoffnung, daß der Chefarzt sich Kutsch vornehmen würde – aber groß war meine Hoffnung nicht.

Warum sollte sich der Doktor für einen kleinen Gefreiten engagieren, dem er ohnehin nicht mehr helfen konnte, weil der an die Front «abgestellt» und damit aus dem Einflußbereich eines Lazarettchefs in der Etappe war?

Das Päckchen vertraute ich einem Kameraden an, den ich für zuverlässig hielt, mit der Bitte, es dem Doktor zu geben, wenn Kutsch mal nicht in der Nähe war.

Halb sieben wurde ich mit vier anderen Schicksalsgefährten im gleichen Kübelwagen zum Bahnhof geschafft, in dem mich Kutsch drei Tage vorher aus Onkel Stepans Wohnung geholt hatte.

Dort warteten wir zweieinhalb Stunden auf den Sammeltransport nach Osten.

Ich hätte bestimmt geheult, wenn ich gekonnt hätte …

6

«Hallo, Herr Bärwinkel!»

Ich erschrak.

Mein sehenswertes Gegenüber hatte gerufen.

«Ja . . .? Entschuldigung!»

«Sie waren aber eben weit weg!» sagte der Professor. «Darf man fragen, wo?»

«In der Hölle!» sagte ich und lachte.

Das war kein ganz richtiges Lachen. Es war wie ein zu kleiner Deckel, der nicht auf den Topf der Erregung paßte.

«Wir sind wieder vom Thema abgekommen», sagte der Professor, nachdem er eine halbe Minute lang darauf gewartet hatte, daß ich etwas über die Hölle sagen würde. «Also was ist das für ein Prozeß um den *Aphrodite Club*, zu dem Sie als Psychologe extra hergereist sind? Helfen Sie mir, meine Bildungslücken zu schließen – wenn Sie die ärztliche Schweigepflicht oder so was nicht daran hindert, ja!»

Wir tranken.

Die zweite Karaffe ging auch schon zur Neige. Der Wein war wirklich sehr gut. Ich winkte dem Kellner, der den Wirt hinter der Theke abgelöst hatte, denn das Lokal hatte sich geleert. Nur noch drei Tische waren besetzt. An einem wurde Skat gespielt, und der gelbgesichtige Wirt saß kiebitzend neben einem Mann mit zwei Schmissen – einer Terznarbe über dem Jochbein und einem Durchzieher am Kinn.

Der Kellner nickte, als ich die Karaffe hob.

«Sie müssen nicht Auto fahren?» fragte ich Schnurbusch.

«Ich muß nur nicht, ich kann auch nicht», erwiderte der Riese.

Ich konnte mir ihn auch schwer hinter dem Lenkrad eines Mittelklassewagens vorstellen. Er würde schon einen Bauern-Mercedes brauchen oder einen der Ami-Schlitten, für die fast alle unsere Städte ein bißchen zu klein sind.

Der Kellner kam mit dem Rotwein.

Ich fragte: «Kennen Sie den *Aphrodite Club*, Herr Ober?»

Er sah mich erstaunt an. Vielleicht hatte er von mir so eine Frage nicht erwartet.

«Aber gewiß, Herr Doktor», sagte er. «Ich war selbst noch nicht dort. Das ist auch nichts für unsereinen – finanziell, wenn ich das so sagen darf. Man braucht für diese Form der Unterhaltung sehr viel Geld, habe ich mir berichten lassen . . .»

«Ach ja», sagte ich. «Ein Spielclub, wie? Ein Casino? Roulette, Baccara? Kümmelblättchen?»

«Ich glaube nicht», sagte der Kellner, und auf seinem Gesicht erschien ein Grinsen. «Gespielt wird dort schon – aber es handelt sich wohl um eine ganz andere Art von Spielen . . .»

Ich stellte mich dumm: «Keine Glücksspiele? Geschicklichkeitsspiele? Oder Pingpong und so was?»

«Pingpong!» Jetzt mußte er lachen.

Der große Musikprofessor, der offenbar wirklich nicht verstanden hatte, worum es ging, herrschte ihn an: «Was gibt's denn da zu lachen, Franz? Nun sagen Sie doch schon, was da in diesem Club los ist!»

«Ich kann es Ihnen nicht sagen», wich der Kellner lächelnd aus. »Ich war noch nicht dort, wie gesagt. Man spricht dies und das. Gerüchte . . . Aber ich glaube, es wird das beste sein, Sie informieren sich selbst an Ort und Stelle, meine Herren – ehe ich Ihnen irgend etwas Falsches berichte, nicht wahr?!»

Damit machte er eine Kehrtwendung und lief zurück hinter die Theke.

«Na, so was!» sagte Schnurbusch. Dann sah er mich an, merkte, daß ich lächelte, und lachte: «Sie wissen es und spielen den Ahnungslosen! Haha! So einer sind Sie! Also was ist mit dem mysteriösen Club, der so teuer ist?!»

Ich erzählte ihm, während wir der dritten Karaffe zu Leibe gingen, was ich wußte. Er amüsierte sich königlich, war aber zugleich empört, daß die Lokalzeitung von Olders keine Silbe darüber gebracht hatte. Schließlich fragte er: «Und was wollen oder sollen Sie als Psychologe bei dem Affentheater?»

«Ich sitze an einer Arbeit über Ursache und Wirkung der Scharlatanerie», log ich. Und es tat mir beinahe ein bißchen leid, daß ich den sympathischen Mann anschwindeln mußte. Trotzdem fuhr ich fort: «Das ist ein hochinteressantes Thema. Eine Lebensaufgabe für einen Wissenschaftler, weil es von Eulenspiegel bis Gröning, von Dr. Eisenbarth bis zur Fernsehwerbung reicht. Und in diesem Zusammenhang möchte ich den Mann kennenlernen, der das angezettelt hat, und seine Motive ergründen. Ich möchte aber auch die Leute sehen und nach Möglichkeit sprechen, die auf den Ulk hereingefallen sind.»

«Das verstehe ich», sagte Schnurbusch. «Ein tolles Thema!»

«Ja . . .» sagte ich – und dabei wurde mir klar, daß dies wirklich ein unglaublich aufregendes Thema war. Die Geschichte der Schelmenstreiche, ihrer Urheber und Opfer . . . hinreißend! Aber wahrscheinlich gab es schon einige hundert Dissertationen darüber und die entsprechend tödlich-trockenen Analysen gelehrter Leute.

Der Wirt hatte sich erhoben, die Skatspieler verlassen und trat nun an unseren Tisch.

«Guten Abend, Herr Professor! Herr Doktor!» sagte er. «Waren die Herren zufrieden mit dem Essen?»

«Sehr zufrieden!» sagte Schnurbusch.

«Ja, ich auch, vielen Dank!» sagte ich.

Der Wirt verzog das gelbe Gesicht zu einem geschmeichelten Grinsen.

«Noch irgendwelche Wünsche?» fragte er.

«Nein, danke!» sagte Schnurbusch.

«Ich möchte nachher gern den Hausschlüssel, Herr Wirt», sagte ich. «Falls Sie um Mitternacht zumachen und ich bis dahin noch nicht zurück bin von meinem Ausflug ins Nachtleben der Metropole Olders . . .»

«Aber selbstverständlich!» sagte er, lachte unsicher und fragte: «Aber das ist doch nicht der Grund, der Sie aus Hamburg hierher geführt hat . . . das Nachtleben . . . oder, Herr Doktor?»

«Nicht unbedingt», sagte ich. «Aber wie das eben so geht, Herr Wirt: Zu Hause komme ich ja nicht zum Nachtleben, obschon unseres berühmt ist. Die meisten Leute kennen die Sehenswürdigkeiten ihrer Heimat nicht. Ich bin in Leipzig geboren und aufgewachsen – und ob Sie's glauben oder nicht, ich bin nicht einmal am Völkerschlachtdenkmal gewesen – weder drin noch obendrauf, wohin sonst ganze Geleitzüge von Autobussen voll Menschen fahren, weil es eine markante Gedenkstätte des deutschen Sieges über den bösen Korsen ist. Nicht einmal bin ich dagewesen! Ich kann zwar nicht behaupten, daß ich unter diesem Versäumnis leide, aber es ist so typisch. Ich kenne Hamburger, die noch nie eine Hafenrundfahrt gemacht haben, Münchner, die noch nie in der Pinakothek, Berliner, die noch nie auf dem Langen Lulatsch, dem Funkturm, gewesen sind. So geht's mit dem Nachtleben auch. Und Sie sollen ja hier in Olders ein sehr bemerkenswertes Nachtleben haben. *Aphrodite Club* – das will ich mir anschauen . . .!»

«Nehmen Sie nur Geld genug mit», knurrte der Wirt. «Das ist nicht billig!»

«Ich weiß schon», sagte ich. «Deshalb habe ich eine Hypothek auf mein Haus aufgenommen, ehe ich herfuhr.»

Schnurbusch lachte.

Der Wirt lachte – nach einer Drei-Sekunden-Schaltpause – auch und wackelte mit einer grüßenden Handbewegung davon.

Als wir wieder allein waren, sagte Schnurbusch mit einem kleinen Wehmutsseufzer: «Leipzig . . . ja! Aber bei den Thomanern sind Sie doch mal gewesen – oder?»

«Jeden Freitag zur Motette», sagte ich. «Und viele Sonntage zur Kantate.»

Er war richtig froh, daß ich die Thomaner kannte, und goß den Rest Wein in unsere Gläser.

«Ja . . . Bach!» seufzte er – und dann begann er plötzlich halblaut zu singen: «O heilige Brunst . . . süßer Trost . . », brach ab, lachte, hob sein Glas, sagte: «Solche Leute wie den brauchten wir heutzutage ein paar . . . Prost!» und trank aus.

«Soll ich uns noch eine bestellen?» fragte ich.

«Nein, danke», sagte Schnurbusch. «Ich muß nach Hause. Es ist schon elf vorbei. Kommen Sie doch mit! Ihr Nachtleben findet, wenn ich richtig orientiert bin, in meinem Stadtteil statt. Zehn Minuten von meiner Straße bis dahin . . .»

«Und wie weit ist es zu Ihrer Straße?» wollte ich wissen. «Denn mir ist nicht nach Nachtmarsch zumute.»

«Olders ist eine Kreisstadt», sagte Schnurbusch. «Siebzehntausendfünfhundert Einwohner. Man läuft vom Südrand zum Nordrand quer durch den Ort in fünfunddreißig Minuten, wenn man zügig geht. Von Westen nach Osten sind es vielleicht zehn Minuten mehr – weil sich im Osten das Industriegebiet dehnt, das heißt, was sich hier so Industriegebiet nennt: Vier Autowerkstätten, fünf kleine Chemiebetriebe – von Kopfschmerztabletten bis zu Putzmitteln –, sechs papierverarbeitende Unternehmen und eine Textilfabrik . . . Aber immerhin rund tausend Arbeitsplätze.»

«Oho – Sie sind ja ein kommunalpolitisch versierter Bürger!» flachste ich.

«Notgedrungen», sagte Schnurbusch. «Versiert ist übertrieben. Interessiert schon zwangsläufig, denn Arbeitslose lassen ihre Kinder noch seltener Klavier, Flöte oder Geige spielen lernen als gut verdienende Arbeiter,

Nehmen Sie …

... genug Geld mit. Ein guter Rat, der meistens teuer wird.

Manche Damen bestreiten ihren Unterhalt mit Unterhaltung. Manche Männer bestreiten, solche Unterhaltungen vom Unterhalt zu bestreiten.

Ohne Geld muß man seine Anlagen in Schranken halten.

die darauf aus sind, daß die Töchter und Söhne mal ‹was Besseres› werden . . . und es für eine Voraussetzung des bürgerlichen Aufstiegs halten, daß man ein Musikinstrument spielen kann. Ich bestreite einen großen Teil meines Lebensunterhalts von dieser Fehlspekulation . . .»

«Hochachtung!» sagte ich, ehrlich hochachtungsvoll. «Das ist ein hartes Brot!»

«Ja – besonders bei Kindern, die den Unterschied zwischen C-dur und a-moll nicht hören können», sagte er.

Ein Blick auf die Armbanduhr sagte mir, daß es zehn nach elf war. Höchste Zeit, zu Hause anzurufen, wie ich es Charlotte versprochen hatte. Ich entschuldigte mich für ein paar Minuten und ließ mir vom Kellner in die Telefonzelle der Hotelhalle ein Amt geben. Schon beim zweiten Klingeln hob Charlotte ab.

«Hallo, Lottchen!» sagte ich. «Ich bin's!»

«Nun? Wie ist es dort?» wollte sie wissen.

«Kleinstädtisch, mehr weiß ich noch nicht. Ich sitze mit einem Musikprofessor, der kein Professor ist, beim Spätburgunder im Hotelrestaurant . . . draußen regnet's, vielleicht gehe ich noch in den komischen *Aphrodite Club* . . .»

«Aha», sagte Charlotte.

«Nichts aha, mein Schatz», gab ich zurück. «Schließlich kann ich nicht über den Sündenpfuhl schreiben, wenn ich ihn mir nicht wenigstens mal angeguckt habe. Und am Sonntagvormittag wird er wahrscheinlich zugunsten des Kirchenbesuchs der Einwohner geschlossen bleiben.»

«Ich sag ja gar nichts», sagte sie.

«Aha genügt.»

«Aber du hast mich doch lieb?» fragte sie.

«Mit der Unverbrüchlichkeit jeder großen Liebe!» sagte ich.

«Sprücheklopfer!» Sie lachte. «Unverbrüchlichkeit . . . was das für Reden sind!»

«Geh schön ins Heiabettchen», sagte ich. «Bleib mir so gut wie ich dir! Hörst du?»

«Ich werde es versuchen!» sagte sie. «Gute Nacht, mein Dichter!»

«Auch noch Schimpfworte! Gute Nacht! Schlaf schön!» sagte ich und legte behutsam auf.

Als ich an den Tisch zurückkam, war der sehenswerte Nichtprofessor in Gedanken noch bei unserem vorigen Thema: «Spielen Sie ein Instrument?» fragte er.

«Leider nein», sagte ich. «Meine musikalische Karriere ist bedauerlicherweise an einem Schnupfen gescheitert.»

«An einem Schnupfen?» fragte Schnurbusch. «Wie das denn?»

«Schwer mit wenigen Worten zu schildern», sagte ich. «Das ist eine Geschichte, eine ziemlich komische Geschichte. Kommen Sie, ich erzähle sie Ihnen unterwegs. Aber ich erzähle sie Ihnen nur unter einer Bedingung!»

«Unter einer Bedingung? Unter welcher Bedingung?» fragte er erstaunt.

«Daß ich die Zeche bezahlen darf», sagte ich und erklärte, als er abwehrend die Hand hob: «Ich kann das meinem Verlag aufs Auge drücken. Bewirtung eines Informanten. Es ist also gar keine Generosität von mir, lieber Herr Schnurbusch – und sie bringt mich auch nicht an den Bettelstab –, seien Sie nett, nehmen Sie es an!»

Er lächelte ein wenig verlegen, dann nickte er: «Gut, meinetwegen. Ich bin auch viel zu neugierig auf Ihre Schnupfengeschichte!»

Ich winkte den Kellner heran und bezahlte, holte schnell Mantel, Schal und Mütze aus meinem Zimmer, ließ mir den Hausschlüssel geben und verließ mit dem kolossalen Tonkünstler, der inzwischen die Pelerine angezogen und den Schlapphut aufgesetzt hatte, das Hotelrestaurant.

Es hatte geregnet, aber jetzt war der mondhelle Himmel klar. Die typische Kleinstadt-Geruchsmischung, die aus Gosse, Geranien- und Schmierseifendüften besteht, fuhr mir in die Nase. Ich schlug den Trenchcoatkragen hoch und versuchte, meinen Schritt dem einen anderthalben Kopf größeren Nebenan anzupassen, was auf den ersten vierzig Metern Mühe machte.

Dann begann ich meine Geschichte zu erzählen: «Meiner Mutter Mutter war auf den Gedanken gekommen, mir Klavierstunden erteilen zu lassen. Sie war der Meinung, ich sei hochmusikalisch, das sehe man schon an der Form meines Hinterkopfs. Meine Mutter stimmte zu. Ich selbst wurde nicht gefragt – und ich hatte auch eigentlich nichts weiter dagegen, denn ich war neugierig und sah mich außerdem in meiner Kinderphantasie schon im weißen Matrosenanzug auf einem Podium vor lauter stürmisch Beifall klatschenden Leuten, in einem riesig großen Saal. Vielleicht, dachte ich, brauche ich dann ja nicht mehr zur Schule, wenn ich ein Wunderkind bin . . .»

«Hübsch!» warf Schnurbusch lachend ein und bog von der etwas breiten Straße nach links in eine enge, kopfsteingepflasterte Gasse, die so schmale Bürgersteige hatte, daß wir auf der Fahrbahn bleiben mußten, wenn wir nebeneinander laufen wollten.

Das war ganz ungefährlich, denn es fuhren in Olders kaum noch Autos zu dieser späten Stunde.

«Ich lief also brav an der Hand meiner Großmutter zu der ausgesuchten Klavierlehrerin», fuhr ich fort, «die zehn Minuten von uns in der Rückertstraße wohnte und den seltsamen Namen Symphrosine Thierjung trug. Dieser ungewöhnliche Name stand auch auf dem blanken, schulheftgroßen Schild am Eingang des gutbürgerlichen Hauses, in dessen viertem Stock Fräulein Thierjung wohnte und unterrichtete. Unter dem Namen stand in etwas kleineren Buchstaben ‹Klavierpädagogin›. In so einer gotischen Schrift, wissen Sie?»

«Ja», sagte Schnurbusch und zog mich am Ärmel zur Seite, weil ein Radfahrer über das Pflaster geholpert kam. «Ja . . . So verschnörkelt . . .»

Alle Fenster waren dunkel. Die Einwohner von Olders schienen von den Hühnern abzustammen.

«Fräulein Thierjung trug einen goldenen Kneifer», erzählte ich weiter. «Ich weiß noch, daß ich bei jenem ersten Besuch mit meiner Großmutter immerzu sprungbereit saß, denn das wackelige Ding mußte jetzt ... gleich! ... jeden Moment ... von ihrer Nase fallen. Aber es fiel nicht. Das Fräulein war schon alt. Für mich, den Achtjährigen, war sie schon steinalt – mindestens vierzig, fünfzig.

Es war eine zierliche kleine Person, ein bißchen schief, aber mit netten großen dunklen Augen. Meine Großmutter wurde schnell handelseinig mit ihr, bezahlte für vier Stunden im voraus – zehn Mark insgesamt, glaub ich –»

«Das kann hinkommen!» sagte Schnurbusch. «Zwei Mark fünfzig die Stunde, war damals – ich schätze vor etwa fünfundvierzig Jahren – nicht wahr? – ein guter Durchschnittspreis!»

«Ja», sagte ich und rechnete in Gedanken. «Vor genau 47 Jahren ... kurz vor dem tausendjährigen Reich. Im Herbst. Ich erinnere mich, daß ich zur ersten Unterrichtsstunde mit angeklatschtem Scheitel, rotgebürsteten Händen und saubergemachten Fingernägeln marschierte und daß meine Großmutter mich gezwungen hatte, den verhaßten, auf Zuwachs gekauften grau-grünen Lodenmantel anzuziehen, damit ich zu dem kleinen Schnupfen, den ich hatte, nicht noch eine Grippe bekäme.

Meine Großmutter hatte an alles gedacht – nur an eines nicht. Und gerade daraus wurde dann das Verhängnis.

Aber zunächst ließ sich die Sache ganz gut an.

Das alte Fräulein mit dem wackeligen, goldgerandeten Kneifer empfing mich mit lobenden Worten, weil ich so pünktlich kam, zeigte mir den Garderobenhaken im winzigen Flur ihrer kleinen Wohnung, einer Drei-Zimmer-Mansarde, und führte mich in das Musikzimmer. Das tat sie mit einer gewissen Feierlichkeit. Das Zimmer war allerdings auch sehr imponierend eingerichtet. Die Tapete war statt mit Blumen mit Notenschlüsseln bedruckt, die Vorhänge hingen nicht einfach so glatt vor dem Erkerfenster, sie waren kunstvoll gerafft – und rechter Hand stand eine etwa anderthalb Meter hohe Säule aus schwarzlakkiertem Holz, die den steinernen oder gipsernen Oberkörper eines Herrn mit wilder Mähne und bösem Gesicht trug ... Beethoven, aber das wußte ich damals noch nicht ...»

Schnurbusch an meiner Seite kicherte.

«Ich ahne Fürchterliches», dröhnte er dann. «Sie haben irgendwas mit der Beethoven-Büste angestellt, stimmt's?»

«Viel schlimmer!» sagte ich. «Warten Sie ab!»

Wir überquerten gerade einen kleinen Platz, der von Linden gesäumt war.

«Da bin ich aber gespannt!» sagte er.

«Symphrosine Thierjung», berichtete ich weiter, «dirigierte mich nach links. Dort stand ein schmales, hohes Notenregal und das Klavier. Über dem Klavier hing an der Wand zwischen gerahmten Scherenschnitten, die Männerköpfe darstellten, ein suppentellergroßer Kranz aus Lorbeerblättern, die an den Spitzen vergoldet waren. Aus dem Kranz schlängelte sich eine seidene rote Schleife, auf der eine Jahreszahl zu lesen war und in goldenen Buchstaben: ‹Meiner verehrten Lehrerin in Dankbarkeit! Benvenuto Bertoli›. Ich hatte keine Ahnung, wer das war, aber Fräulein Thierjung behob meine Unwissenheit, indem sie sagte: ‹Benvenuto ist einer meiner Schüler, Junge. Er gilt heute als einer der ganz großen Pianisten in der Welt. Er lebt in Philadelphia. Aber er ist meistens auf Tournee. Hast du noch nicht von ihm gehört?›

‹Ich glaube doch›, log ich, und sie lächelte erfreut.

Nun führte sie mich zum Klavier. Das Klavier war schwarz und glänzend. An beiden Seiten des Schriftzugs an der Stirnwand – ich weiß nicht mehr, ob das Blüthner hieß oder Steinway oder sonstwie –, an beiden Seiten waren also Kerzenhalter aus Messing angebracht, in denen auch richtige Kerzen steckten, die aber noch nicht angezündet gewesen waren und wohl auch nie angezündet wurden.

Ich mußte mich auf einen drehbaren Hocker setzen und ein paarmal mit dem Sitz um mich selbst drehen, bis ich nach Fräulein Thierjungs Meinung in der richtigen Höhe saß. Dann setzte sie sich neben mich. Aus ihrem knisternden Kleid stieg mir eine kleine Wolke Parfum- und Mottenkugelgeruch in die Nase. Das kitzelte.

Fräulein Thierjung öffnete nun den Deckel über den Tasten. Darunter lag eine Art Schutzdecke, ein langer Stoffstreifen aus grünem, filzartigem Gewebe, auf das in Goldgelb ein Spruch gestickt war: ‹Ohne Musik wäre das Leben ein Irrtum› und kleiner: ‹Nietzsche›.

Dieses Spruchband entfernte Fräulein Thierjung auch, hob nun schweigend die Hände, hielt sie mit gespreizten Fingern über die Tastatur, atmete tief ein und begann, irgendwas ungeheuer Virtuoses zu spielen – nur ein oder zwei Minuten lang. Dann brach sie ab, sah mich lächelnd von der Seite an und sagte: ‹So, mein Junge, nun heb du mal deine Hände und mach die Finger ganz weit auseinander . . . Sooo . . . Ja, noch weiter, noch ein bißchen weiter, sehr schön!›

Dabei beugte sie sich, meine weitgespreizten Finger begutachtend, wieder etwas nach vorn, so daß mir abermals eine Wolke Parfum- und Mottenkugelduftgemisch in die Nase fuhr. Und ich mußte plötzlich explosiv niesen: ‹Haptschi!› und noch mal: ‹Haptschiii!› – und entlud den gesamten Inhalt meiner Jungennase quer über die pieksaubere, mattglänzende Tastatur. Einzelne gelbgrüne Schleimfäden zogen sich zitternd über mehrere Oktaven der schwarzen Tasten. Sprühtropfen und kleine Stücke klebten weitgestreut an der glänzenden Politur des Dekkels.

Es war eine Katastrophe.

Symphrosine Thierjung saß starr. Ihr Kneifer zitterte.

Ich hatte meine Hände sinken lassen und schluckte entsetzt . . .»

«Ach, du heiliger Strohsack! Das ist ja entsetzlich!» stöhnte Schnurbusch und mußte gleichzeitig lachen.

«Aber es wird noch viel entsetzlicher», sagte ich und erzählte weiter, indem wir am gußeisernen Gitter eines großen Backsteingebäudes entlanggingen, das im Mondschein wie eines jener Alptraum-Gymnasien aussah, in denen es nach Kreide, Tinte und Angst riecht: «. . . ‹Nimm dein Taschentuch!› sagte das Fräulein mit gepreßter Stimme zu mir. ‹Nun . . . nimm schon!› Ich schob die rechte Hand in die rechte, die linke Hand in die linke Hosentasche – kein Taschentuch! Ich fummelte – bereits ohne Hoffnung – in meiner Gesäßtasche. Nichts! Ich legte die Hände auf die Knie und senkte den Kopf.

‹Hast du etwa . . . Hast du kein Taschentuch?› fragte das Fräulein.

‹Nein›, flüsterte ich.

‹Sieh draußen in deinem Mäntelchen nach!› sagte das Fräulein und betrachtete mich, als sei ich eine Kröte oder ein Eiterpickel oder ein toter Fisch.

Ich glitt vom Klaviersessel und lief aus dem feierlichen Zimmer. Auch in den Lodenmanteltaschen war kein Taschentuch. Da hob ich den Mantel vom Garderobenhaken und schlich zur Flurtür und öffnete sie leise und drückte mich hinaus und ließ sie angelehnt und ging auf Zehenspitzen die Treppe hinab und rannte vom zweiten Stock an ohne Rücksicht auf Lärm und floh aus dem Haus, als ob es hinter mir brenne . . .»

«Kann ich verstehen!» sagte Schnurbusch. «Und Sie sind auch nie wieder hingegangen?»

«Nein», sagte ich.

«Da drüben ist meine Burg», sagte er und zeigte über die Straße auf ein kleines altes Haus, das ganz von Weinlaub oder Efeu überwachsen und dessen Dachkante mit einem zinnenähnlichen Fries verziert war. Im Erdgeschoß brannte hinter einem der Fenster Licht.

«Meine Tochter scheint noch wach zu sein», sagte Schnurbusch. «Dann brauch ich auch keine Angst zu haben, sie zu stören. Trinken Sie noch einen Cognac bei mir, ehe Sie sich ins Nachtleben stürzen?»

«Ja – eigentlich ganz gerne», sagte ich unumwunden, denn ich war natürlich neugierig, wie so ein sehenswerter Mensch wohnte.

«Durch welche Zufälle die Welt um ihre großen Männer gebracht wird!» sagte Schnurbusch, indem er die Vorgartenpforte aufriegelte, die schauderhaft quietschte, als er sie öffnete.

«Wenn Sie nicht auf die gepflegten Tasten der Klavierpädagogin geniest hätten, würde vielleicht ein zweiter Lorbeerkranz über dem Instrument an der Wand hängen: ‹Meiner verehrten Lehrerin von ihrem Schüler Benno Bärwinkel› . . .»

«Christian . . nicht Benno», sagte ich. «Aber das wäre in keinem Falle möglich – auch nicht ohne benieste Tasten.»

«Warum nicht? Wieso sind Sie da so sicher?»

«Weil das kleine Fräulein Thierjung – Symphrosine Thierjung – im ersten Transport war, der in Auschwitz oder Theresienstadt oder sonstwo in die Gaskammer geschickt wurde. Sie war Jüdin», sagte ich.

Schnurbusch blieb auf dem Kiesweg stehen, der zu seinem Haus führte.

«Verdammt!» sagte er, und ich sah, daß er die Fäuste ballte.

Wir gingen zur Haustür. Im Weinlaub – es war Weinlaub, wie ich in der Nähe erkennen konnte – raschelte irgendwas.

Bevor Schnurbusch den Schlüssel ins Türschloß steckte, sagte er leise: «Bitte erschrecken Sie nicht, meine Tochter . . äh . . . Sie ist gelähmt . . . und sie ist sehr empfindlich, wenn jemand . . .»

«Schon verstanden!» sagte ich schnell, stellte mich auf die Begegnung mit einem armseligen, verkrüppelten

Menschenkind ein und bereute schon, die Einladung zum Cognac angenommen zu haben.

Um so erstaunter war ich, als mir im breiten, holzgetäfelten Flur des Hauses, in dem es stark und angenehm nach Äpfeln roch, mit dem Rollstuhl ein anmutiges Mädchen von etwa fünfzehn, sechzehn Jahren entgegenkam, das als Titelfigur auf einem Märchenbuch die ideale Prinzessin abgegeben hätte: lange goldblonde Ringellocken, und große, richtig strahlende blaue Augen, dazu rote Backen und ein hübscher, lachender Mund. Das Mädchen sah so fröhlich und gesund aus, daß der Rollstuhl, in dem es saß, einen ganz besonders schlimmen Kontrast bildete.

«Oh – Besuch!» sagte das Mädchen mit einer gut klingenden Stimme.

«Das ist Herr Dr. Bärwinkel!» sagte Schnurbusch. «Und das ist meine Tochter Dorothea!»

«Guten Abend!» sagte ich und nahm behutsam die zerbrechlich wirkende Hand, die mir das Mädchen entgegen hielt.

Ich wußte nicht, was ich sagen sollte.

‹Wie geht es?› kann man einen Menschen, der nicht gehen kann, nicht fragen. ‹Ich bin entzückt, Sie zu sehen!› Das paßt auch nicht.

«Entschuldigen Sie, daß ich so spät noch . . .» stotterte ich, «aber Ihr Vater meinte . . .»

«Ich freue mich immer, wenn Papa Gäste mitbringt!» sagte das Mädchen. «Was soll ich holen, Papa? Wein?»

«Den Cognac, Dorchen, den mit den Sternen am Flaschenhals, und ein paar Salzmandeln, ja? Bist du so lieb? Wir setzen uns in mein Arbeitszimmer!»

«Gleich, Papa!» sagte das Mädchen, rangierte den Rollstuhl verblüffend flink und geschickt den Flur entlang in eine offenstehende Tür, während Schnurbusch mir aus dem Mantel half und diesen an der Garderobe aufhängte.

Er lotste mich zu einer Schiebetür, schob sie auf, ging voraus in den dunklen Raum und machte dort Licht an.

«Bitte, kommen Sie!» sagte er.

Ich trat in das gemütlichste Zimmer, das ich jemals betreten hatte. Es war sehr groß und hoch, wirkte aber gar nicht so, weil es achteckig war, nein, nicht wie ein Oktaeder, sondern wie ein normal geschnittener Raum mit einer Art großem Erker an der einen Seite, der sechs hohe Fenster hatte, die vom Fußboden bis oben an das Balkenwerk der Decke reichten.

In dem Erker stand ein Konzertflügel, und drei der Fenster waren von Zimmerpflanzen zugewachsen, nein zugewuchert, die in mächtigen Holzkübeln wurzelten. In diesem Zimmerurwald waren zwei mannshohe Ebenholzsäulen aufgestellt, von denen die linke eine Bach-Büste, die rechte irgendeinen alten Griechenkopf trug, den ich schon mal irgendwo gesehen hatte, aber nicht identifizieren konnte. Um Bachs Kopf fächerten prächtige Philodendronblätter. Der alte Grieche war nicht mit Pflanzen verziert, hatte jedoch eine schwarze Baskenmütze auf dem Kopf, an der zu allem Überfluß eine rote Hahnenfeder steckte.

Plutarch, oder wer auch immer, als Mephisto getarnt.

Auf dem Flügel türmten sich Stapel von Noten. Die rechte Wand war mit Geigen, Gitarren, einem Cello, einer Viola d'amore und Flöten in allen Größen und Ausführungen bestückt.

Die linke und die Türwand waren vom Fußboden bis kurz unter die Decke von Bücherregalen verdeckt, in denen nur wenige der paar Tausend Bücher akkurat aufgereiht standen, während die anderen gestapelt waren, schief und schräg und kreuz und quer lagen, so daß ich rätselte, wie Schnurbusch hier jemals etwas finden konnte, ohne jedesmal einen Erdrutsch auszulösen.

Vor den Bücherwänden befand sich eine Dreiergruppe alter Ledersessel, von jener behaglich-behäbigen Sorte, die wie kleine Flußpferde aussehen. Zwischen den Sesseln stand ein runder Tisch mit einer Schieferplatte, in deren Mitte ein Porzellanbuddha hockte, der verblüffende Ähnlichkeit mit dem Hausherrn hatte.

Schnurbusch forderte mich auf, Platz zu nehmen. Ich versank in einem Flußpferdsessel. Er setzte sich mir gegenüber, griff nach einem lackierten Kasten im Bücherregal und fragte: «Rauchen Sie?»

«Nein – danke!» sagte ich.

«Wie schade», sagte er und fuhr erklärend fort: «Ich rauche nämlich seit einem halben Jahr nicht mehr, bin aber noch nicht los davon und genieße es jedesmal, wenn jemand sich eine Zigarette anzündet oder eine Zigarre. Ich bin ein Nikotin-Voyeur, sozusagen.»

Wir lachten.

Ich fand ihn jetzt nicht nur sehens-, sondern auch liebenswert.

Dorothea kam im Rollstuhl hereingefahren. Sie balancierte ein Tablett auf den Knien, darauf hatte sie die Cognacflasche und die Gläser so untergebracht, daß sie nicht herunterfallen konnten. Ich war drauf und dran, aufzuspringen und helfend zuzugreifen, aber ein winziges, warnendes Kopfschütteln Schnurbuschs hielt mich davon ab. Also ließ ich die Anmutige allein mit Tablett, Flasche und Gläsern hantieren und bewunderte ihre geradezu phantastische Geschicklichkeit.

Ich sagte nichts, aber ich merkte, daß sie meine Bewunderung wohl spürte und sich darin sonnte.

«Die Salzmandeln!» sagte Schnurbusch.

«Hole ich sofort, Papa!» sagte sie, schenkte Cognac in die beiden Gläser, stellte die Flasche ab und rollte mit ihrem Stuhl wieder hinaus, wobei mich die Bewegungen ihrer Arme und Hände, mit denen sie die Räder betätigte, an Hebel einer Maschine erinnerten.

«Gut, daß Sie nicht zugegriffen haben», sagte Schnurbusch leise, «denn sie legt Galanterie leicht als Mitleid aus – und es gibt nichts Schlimmeres als Mitleid in Wort oder Geste für sie. Aber das kennen Sie als Psychologe ja zweifellos ...»

Er nahm sein Glas in die Hand: «Also Prost, Herr Bärwinkel!»

«Prosit!» sagte ich.

Der Cognac war erstklassig, richtig zimmerwarm und schön samtig. Das Mädchen brachte eine Glasschale mit Salzmandeln.

«Ich geh jetzt schlafen, Papa!» sagte sie. «Gute Nacht!»

«Gute Nacht, Dorchen!» sagte Schnurbusch.

Nun stand ich aber doch auf, gab der Anmutigen die Hand, wünschte ebenfalls gute Nacht und bedankte mich für die Gastfreundschaft.

«Angenehme Ruhe!» sagte ich.

«Vielen Dank!» sagte sie, strahlte mich an, wendete den Rollstuhl und hebelte sich hinaus.

Ich sank wieder in den Ledersessel.

«Hat sie eine Chance auf Heilung?» fragte ich Schnurbusch.

«Wenn Jesus Christus aufersteht und ein Wunder tut – oder wenn unsere Wissenschaft Zeit und Geld und Ehrgeiz genug hat, endlich die Gebrechen der Menschheit zu erforschen, statt mit Raumsonden die Sterne oder an immer neuen Waffen immer neue Tötungsmöglichkeiten zu erkunden!» sagte er. «Es ist eine Querschnittlähmung. So, wie es aussieht mit der Weisheit der Mediziner, wird meine Tochter wohl bis an ihr Ende im Rollstuhl sitzen . . .»

«Das ist entsetzlich», flüsterte ich. «Sind Sie allein mit ihr?»

«Ja», sagte der große Mann und fuhr nun mit einer ganz kleinen Stimme fort: «Meine Frau ist bei dem Unglück ums Leben gekommen, bei dem sich Dorothea die Lähmung zugezogen hat.»

«Um Himmels willen – ein Unfall?» fragte ich.

«Ein Verbrechen», sagte Schnurbusch. «Vor vier Jahren . . .»

Er machte eine Pause und goß die Gläser voll, ohne zu fragen. Ich spürte richtig meinen Promillepegel steigen, als ich trank.

«Ein Verbrechen?» fragte ich.

«Ja», sagte er. «Wir sind in ein Reihenhaus am Stadtrand gezogen. Ein neues, hübsches Reihenhaus in einer ruhigen Gegend. Zwölf solcher Häuser waren dort gebaut worden. Nicht billig, nein – aber meine Frau hatte etwas geerbt, und so konnten wir ein Drittel anzahlen.

Sechs Wochen nach dem Einzug erhielten wir von einem Bankenkonsortium einen notariell beglaubigten Bescheid, daß die Baufirma, von der wir das Haus gekauft hatten, in Konkurs gegangen sei und daß sie, die Banken, nun unsere Partner, sprich Gläubiger seien.

Vier Wochen später trat Dorothea, damals gerade vierzehn, an einem Sonntagmorgen aus ihrem Zimmer im ersten Stock auf den Balkon, weil meine Frau von der Terrasse darunter zum Frühstück gerufen hatte. Es war ein sonniger Tag. In der Nacht vorher hatte es geregnet . . .»

Schnurbusch unterbrach sich. Er hatte Schwierigkeiten, das zu erzählen. Ich merkte es und hätte ihm gern geholfen. Aber ich wußte nicht wie. Er schenkte Cognac nach, trank und fuhr mit heiserer Stimme fort: «Ich war in der Küche und preßte Apfelsinen aus – das war immer meine Aufgabe beim Frühstück –, als dieses entsetzliche Knirschen und Bersten und Poltern losbrach . . . Und dazwischen der eine, kurze, spitze Schrei . . . Die Betonplatte des Balkons brach herunter und begrub meine Frau. Dorothea wurde auf die Steinplatten der Terrasse geschleudert. Drei ihrer Rückenwirbel waren zertrümmert . . . ja!»

«Das ist ja furchtbar», sagte ich. «Wie kann denn so was . . .?»

«Das kann passieren, wenn die Bauunternehmer Verbrecher sind, an jedem Stahlträger, an jedem Sack Zement, den sie einsparen, verdienen . . . Wenn sie die Behördenangestellten schmieren, daß die ein Auge zudrükken . . . Wenn sie nur an ihr schnelles Geld denken und ihnen der schnelle Tod oder das lange Siechtum anderer völlig gleichgültig ist, kurzum, wenn es Betrüger, Diebe und Mörder sind . . . wie der, auf den wir im wahrsten

Sinne des Wortes hereingefallen sind, als wir das Haus kauften.»

«Ist der Lump wenigstens zur Rechenschaft gezogen, ist er eingesperrt worden?» fragte ich.

«Aber nein!» sagte Schnurbusch und lachte bitter. «Es hat einen Rattenschwanz von Prozessen gegeben. Der feine Herr war nicht zu fassen. Das Unternehmen hatte er kurz vor dem Konkurs verkauft. Nach dem Konkurs waren die Versicherungsprämien nicht bezahlt worden. Einer schob die Schuld auf den andern. Der Unternehmer auf die Firmen, die Firmen auf die Handwerker, die Handwerker auf die Materiallieferanten, der Statiker auf die Abnahmebehörde, die Behörde wieder auf den Unternehmer ... Keiner war schuld. Keiner! Eine Anklage wegen fahrlässiger Tötung und Körperverletzung wurde mangels Beweisen abgewiesen – wenn nicht das Bankenkonsortium ‹auf dem Kulanzwege› das Eigengeld zurückgezahlt hätte, wäre ich nicht nur als Witwer und als Vater eines verkrüppelten Kindes, sondern auch als Bettler ausgezogen ... So geht das mit dem Recht, wenn Sie gegen Gangster und ihre Lobby anzukommen versuchen.»

«Das ist ungeheuerlich!» sagte ich. «Ungeheuerlich! Und Sie kennen den Schurken und sehen ihn frei herumlaufen?»

«Ich kenne ihn genau!» sagte Schnurbusch. «Ich habe zwar noch nie persönlich ein Wort mit ihm gesprochen, aber ich habe ihm in Gedanken schon so viele Knüppel über den Schädel gehauen ... Ach, lassen wir das!»

Er winkte ab – doch da fiel ihm etwas ein: «Er saß übrigens vorhin im Restaurant. Ich weiß nicht, ob Sie sich erinnern ...? Habe ich Ihnen nicht gesagt, daß ich mich nicht an den Tisch zu den drei Herren setzen könnte? Ja ... nicht wahr! Der Mittlere war es. Kutsch heißt er. Natürlich, wir haben doch von ihm gesprochen! Der da offenbar im Begriff war, den Kirchenältesten zu korrumpieren, wegen des Gemeindezentrums. Kutsch. Ein Name, lieber Bärwinkel, den man sich merken sollte. Ein

Typ, der sich gut zu einer bösen Romanfigur eignet. Für einen Krimi . . . Schade, daß ich so was nicht schreiben kann! Dann hätte ich wenigstens ein Ventil, verstehen Sie?»

7

Nach dem dritten Cognac hatte ich mich verabschiedet, obschon ich Schnurbusch gern mochte und mich auch in seinem achteckigen Zimmer wohl gefühlt hatte. Aber ich wollte dem großen Wehmutsbesäufnis mit Duzbrüderschaft und Gesang, das sich abzuzeichnen begann, entgehen, weil ich beim Bericht des Zwei-Meter-Musikanten gemerkt hatte, daß mein Haß auf Kutsch scharf war wie eh und je – wenn nicht gar noch schärfer als zuvor –, und weil ich für diesen Haß, für das, was ich haßerfüllt vorhatte, einen klaren Kopf brauchte.

So ganz klar war mein Kopf ohnehin nicht mehr, nach Bier und Burgunder und Cognac, doch als ich, von den Mitternachtsschlägen zweier Kirchturmuhren begleitet, ein Stück gegangen war, hob sich der leichte Alkoholnebel.

Bei den letzten Glockenschlägen, auf der leeren, nächtlichen Kleinstadtstraße, hatte ich plötzlich eine Idee ... Nein, den Schatten, den Hauch einer Idee, wie ich Kutsch töten könnte, ohne gefaßt, ja, ohne überhaupt verdächtigt zu werden.

Es war, wie gesagt, zunächst nur ein sehr vager Einfall. Ich blieb stehen, lehnte mich an einen Baumstamm und schloß die Augen, damit sich der Schatten, der Hauch einer Idee nicht verflüchtigte, sondern ein bißchen konkretere Gestalt annähme ...

Das gelang mir nicht, denn eine Männerstimme schreckte mich aus der Meditation: «Ist Ihnen nicht gut?»

Ich kannte die Stimme. Ich fuhr zusammen. Vor mir stand Kutsch.

Für einen Augenblick dachte ich an eine Halluzination. Kutsch ...

Aber er war es wirklich, und ich ertappte mich dabei, daß ich drauf und dran war, die Hände an die Hosennaht zu legen.

«Doch . . . Doch . . .» stammelte ich. «Danke! Alles in Ordnung!»

Er sah mich skeptisch an.

Wenn ich jetzt ein Messer hätte, dachte ich, dann brauchte ich nur zuzustoßen und weiterzugehen, nachdem ich ihn richtig getroffen hätte. Keine Menschenseele würde mich für den Mörder halten. Aber ich habe kein Messer . . .

«Ja, dann –» sagte Kutsch, immer noch skeptisch. «Wenn Sie meinen . . .»

Er sprach nicht zu Ende, wandte sich ab und ging davon. Sein Schritt, der seinerzeit geklirrt hatte, als er noch Sporen trug, war heute völlig geräuschlos.

So ändern sich die Zeiten . . .

Meine Idee war weg. Vergessen, verschwunden, verloren – weg.

«Scheiße!» sagte ich leise.

Der *Aphrodite Club* sah von außen nach allem anderen als nach Sünde aus. Da war keine rote Laterne und kein Schaukasten mit nackten Damen, da stand kein Anreißer in betreßter Phantasieuniform vor der Tür, und es flimmerte auch keine lila Leuchtschrift über dem Einlaß zum Liebesparadies.

Nur zwei schmiedeeiserne, mit Bierreklame verzierte Lampen rechts und links der breiten, sandbestreuten Einfahrt in den parkartigen Garten zeigten an, daß sich hinter der geschmackvoll restaurierten Fassade der Jahrhundertwendevilla eine Gaststätte befand.

Den simplen Bierlaternen war jedoch die besondere Bewandtnis dieser Bewirtungsstätte nicht zu entnehmen.

Ich lief mit knirschenden Schritten darauf zu. An der schweren Eichenholztür, über der die dritte Bierlampe leuchtete, befand sich ein glänzend poliertes Messingschild in DIN-A 4-Größe, in das in edler englischer Kursiv *Aphrodite Club* graviert war und darunter in ebenso edlen Antiqua-Versalien: DIE STÄTTE EXQUISITER GASTLICHKEIT – weiter nichts. Sehr eindrucksvoll.

Wenn man auf den Mattglasscheiben der Schmiedeeisen-Laternen den Namen einer Champagnermarke hätte lesen können – statt den des Bieres, der auch an jeder Fernfahrerkneipe prangt –, dann wäre es noch eindrucksvoller gewesen.

Aber vollendeter Stil ist schließlich auch eine Frage der finanziellen Mittel. Wahrscheinlich war die Brauerei bei der Einrichtung des Clubhauses großzügiger gewesen, als eine Champagner-Kellerei es hätte sein können. Da muß sich eben auch das Stilgefühl nach der Decke strecken.

Ich drückte die Türklinke, die ebenfalls aus Messing war und die Gestalt einer nackten Seejungfrau hatte. Eine hübsche Türklinke. Man hatte Daumen und Zeigefinger auf den Brüsten der Sagenfigur und ihren Bauch in der Handfläche, wenn man die Tür öffnete.

Als ich das tat, wehte mir Wärme, Tabakrauch, Weindunst und Parfumduft entgegen und leise Musik. Ein Blues.

Der Flur, in den ich trat, war dunkelrot tapeziert und von einem Dutzend kleiner goldener Wandlampen dezent-vornehm, also schummerig beleuchtet.

Noch ehe ich hinter mir die Tür ins Schloß gezogen hatte, kam ein Mann auf mich zu, was sage ich, ein als Kellner verkleideter Herr mit schwarzem Gelock über den Ohren und am Hinterkopf und mit einem Blick wie ein Schlachtermeister beim Kälberkauf.

«Guten Abend, mein Herr», sagte er.

Seine Stimme klang geschult. Vielleicht gehörte er zu denen, die ich «Eigentlich-Leute» nenne. Das sind zum Beispiel Rundfunk- oder Zeitschriftenredakteure oder Verlagslektoren, die im und vom Glauben leben, daß sie eigentlich Autoren sind, verhinderte Dramatiker, verkannte Lyriker, Romanciers, Essayisten. Sie haben ganze

Schubladen voll Ideen und Entwürfe zu atemberaubenden Dramen, in Form und Aussage völlig neuen Gedichten, zu großen Romanen und zu tiefgründigen Essays über Gott und die Welt – aber sie kommen nicht dazu, diese Entwürfe auszuführen, weil sie so eine entsetzliche Fronarbeit am Redakteurs- oder Lektorenschreibtisch leisten müssen, die Armen!

Daneben gibt's die Barpianisten, die eigentlich Komponisten sind. Und manchmal, in fortgeschrittener Stunde, wenn die Bar schon leer wird, wenn sie den siebten, achten spendierten Whisky getrunken haben, improvisieren sie zwischen Tango notturno und Peter Igelhoff ein paar Takte ihrer Symphonie op. 3, die sie demnächst fertig komponieren wollen, wenn . . . ja, wenn . . .

Und dann gibt es die Kellner, Verkäufer, Vertreter – die Barfrauen, Mannequins, Vorführdamen für Kaffeefilter oder elektrische Teppichbürsten in Warenhäusern und Supermärkten, die eigentlich Schauspieler oder Schauspielerinnen sind und in einigen Fällen sogar tatsächlich schon mal auf der Bühne gestanden haben. Als zweiter Soldat oder als dritte Nachbarin in einem Lustspiel irgendwo zwischen Aurich und Pewsum . . .

So ein «Eigentlich-Mann» schien mir der als Kellner kostümierte Herr zu sein, der mich taxierend begrüßte.

«Guten Abend!» sagte ich und wartete.

«Darf ich Ihnen Ihren Mantel abnehmen?» tönte der Herr Kellner. Er streckte die Hand nach meinem Kragen aus. Seine Manschettenknöpfe waren Goldmünzen und etwas zu groß. Zwei goldene Kettchen baumelten an seinem haarigen Handgelenk. An dem einen Kettchen hing eine kleine goldene Faust.

Er schob einen Vorhang beiseite und hängte meinen Mantel über einen stoffbezogenen Bügel, drückte mir eine runde weiße Marke aus Kunststoff in die Hand, knickte in der Hüfte leicht ein und deutete mit einladender Geste auf die angelehnte hohe Flügeltür, die ins Innere der exquisiten Gastlichkeit führte.

Als ich mich anschickte, darauf zuzugehen, hüpfte er eilfertig um mich herum und stieß die Tür auf, nein, drückte sie sanft auf und ließ mir den Vortritt in einen ebenso dämmerigen Raum wie den Flur, nur daß dieser viel größer und statt mit roten mit dunkelblauen Tapeten ausstaffiert war, die nahezu schwarz wirkten und nur von einer Anzahl kleiner Silbersterne aufgehellt wurden.

Eine Bar schwang sich quer durch die Dämmerung. Dahinter stand, von unten magisch rosa beleuchtet, eine übervoll- und fast barbusige Dame und schwenkte einen Shaker.

Vor ihr saßen auf spillrig aussehenden Barhockern nicht so spillrig aussehende Herren, deren Mercedesse ich vor dem Haus hätte sehen müssen, wenn die da geparkt gewesen wären. Vielleicht gab es einen diskreten Parkplatz irgendwo im Gebüsch, damit nicht jeder beim Kommen sehen konnte, wer schon da war.

Sieben solche Herren zählte ich an der Bar. Kein Hokker war frei. Zwei der sieben unterhielten sich miteinander, zwei starrten trübsinnig oder betrunken vor sich hin, die drei anderen ließen ihre mehr oder minder schönen Augen über die Oberweite der Bardame wandern. Da war Platz genug für die sechs wandernden Augen.

«Die Bar ist besetzt», verkündete mir der Kellner mit der Goldfaust. «Darf ich Ihnen einen Tisch . . .?»

«Ja . . .» sagte ich und folgte ihm zwischen Bartresen und fünf, sechs Tischen hindurch, die auch besetzt waren, in einen zweiten, ebenso großen Raum, in dem sich eine winzige Tanzfläche und dahinter eine Art Bühne befand, die für ein Zwei-Personen-Stück schon zu klein gewesen wäre.

Auf der teetablettgroßen Tanzfläche bewegten sich zehn oder elf Paare.

Das waren sieben Paare zuviel. Da sie jedoch nur im Halbdunkel eng umschlungen an Ort und Stelle vorsichtig zuckten, ging es ohne Erstickungsanfälle und andere Verwicklungen ab.

Der eigentliche Schauspieler lotste mich zu einem Tisch neben der Bühne. Darauf stand eine Sektflasche im Kühler, und vor zweien der drei Sessel lagen auf der Tischplatte Gegenstände: Handtasche, Zigarettenetui, Feuerzeug und so weiter. Der dritte Platz war frei.

«Was darf ich Ihnen bringen?» fragte der Kellner.

«Die Karte», sagte ich. «Und vielleicht eine Taschenlampe, damit ich sie auch lesen kann, bitte!»

Er sah mich verdutzt an, brachte dann aber die Karte, die in elegantes Kunstleder gehüllt war, und ließ sich sogar herab, eine neue Kerze in den Leuchter zu stecken, der auf dem Tisch stand, und diese zu entzünden, während die Blues-Tänzer immer noch in leiser Leidenschaft ihre Leiber aneinander rieben.

Es standen nur Weine und verschiedene Sekt- und Champagnersorten auf der Karte. Die Bierreklame am Eingang war Schwindel. Der billigste Wein – ein Niersteiner Domtal ohne nähere Bezeichnung – kostete 27,50 DM. Der teuerste 236,–.

Ich bestellte mir einen Burgunder für fünfundvierzig und war gespannt, wonach der wohl schmecken würde. Im Grunde hatte ich auf gar nichts Appetit – aber irgendwas muß man ja bestellen in Restaurants. Und in so einem wie diesem kommt man ohnehin nicht mit einem Glas Bier davon.

Jetzt hörte die Musik auf, die aus mehreren Lautsprechern vom Band kam, und der Menschenklumpen auf der Tanzfläche bröckelte auseinander. Zu meiner Verblüffung kamen statt des erwarteten Paares zwei Frauen an meinen Tisch, nickten mir zu und ließen sich nieder. Auch an einige andere Tische rundum setzten sich nur Frauen, die offenbar miteinander getanzt hatten, was mir im Halbdunkel nicht aufgefallen war.

Ich zählte neun alleinstehende, richtiger alleinsitzende weibliche Wesen. Drei setzten sich nicht an Tische, sondern gesellten sich zu den Herren an der Bar, stellten sich zwischen die Barhocker und boten den Blicken der Männer neue Wanderwege an zur Abwechslung von den vielbegangenen Pfaden auf dem Busen der Bardame.

Die anderen Frauen tranken kleine Schlucke von ihrem Wein oder ihren Longdrinks, rauchten und prüften professionell die anwesenden Männer ohne Partnerin. Auch mich. Die Mehrzahl der Damen sah gut aus. Es gab mütterlich-mollige dabei und knabenhafte in knappen Hosen.

Mich erstaunte die Menge. Woher kamen die alle? So viele konnten unmöglich zum Stammpersonal des Etablissements gehören.

Der Kellner mit der Mimenstimme brachte den Burgunder. Etikett und Flasche machten einen ganz ordentlichen Eindruck. Er entkorkte sie immerhin am Tisch und goß mir einen Probeschluck ein. Der Wein war gut – nicht so gut wie Schnurbuschs Roter im Hotel, aber trinkbar und sogar richtig temperiert. Ich nickte zustimmend. Er schenkte ein und verzog sich.

«Darf ich Sie wohl bitten, mir bei der Vertilgung dieser Flasche zu helfen, meine Damen?» fragte ich die zwei Damen an meinem Tisch, die der Zeremonie stumm zugeschaut hatten.

Die eine war eine stämmige Person mit naturrotem Gesicht und kräftigem weißblondem Haar. Sie sah nach Krankenschwester aus oder nach Köchin.

Die andere war kleiner und zierlicher. Sie hatte kurzgeschnittenes schwarzes Haar, das wie eine Mütze dicht an ihrem kleinen, runden Kopf lag, und schmale schwarze Augen, eine gerade, fast griechische Nase über einem vollen, breiten Mund, dessen Lippen dauernd ein wenig in Bewegung waren – nicht wie die Lippen eines Kaugummikauers, sondern so, als ob sie mit sich selbst tonlose Gespräche führe.

«Danke!» erwiderte die Weißblonde. «Sehr freundlich, aber wir haben ja unseren Sekt!» – und hob zur Bekräftigung die Flasche aus dem Kühler, dessen Eisstückchen sich längst aufgelöst hatten. Die Flasche war noch halbvoll.

«Man kann das sehr gut mischen», sagte ich. «Sekt und Rotwein – Türkenblut – schmeckt vorzüglich! Ich schaffe allein niemals die ganze Pulle Burgunder, meine Damen! Da schlaf ich schon am Tisch ein – na, und das wäre ja wirklich zu schade bei so anregender Gesellschaft, nicht wahr?»

Ich hörte mir selber zu, wie ich im Provinz-Casanova-Ton bramarbasierte, und fand mich so umwerfend komisch, daß mein aufgesetztes Lachen sich zu einem echten Vergnügungsgluckser wandelte.

«Ja . . . Wenn Sie meinen . . .» sagte die Blonde etwas unsicher und wandte sich an die Kleinere: «Willst du, Editha?»

«Ja», sagte Editha. «Ja, bitte! Ich kenne das zwar nicht . . . Aber man soll auch mal was Neues probieren.»

Ich mischte in ihren Sektgläsern das Türkenblut und hob mein Glas: «Zum Wohl, die Damen!» – dazu machte ich eine Korpsstudenten-Hüftknick-Verbeugung mit steifem Oberkörper und entblößte die oberen Zähne.

Die Musik ging wieder los. Zwischen den Tischen hindurch kam ein Mann, dem man den Gemüsebauer auf drei Meilen gegen den Wind ansehen konnte. Er war ebenso grobknochig, rotgesichtig und weißblond wie meine eine Tischdame. Er steuerte direkt auf sie zu, und als er sie aufgefordert hatte und an der Tanzfläche seine große Hand mit gespreizten Fingern auf die Mitte ihres breiten Kreuzes legte, hätte man denken können, daß die beiden Bruder und Schwester seien, so ähnlich waren sie sich.

Ich blieb mit der kleinen Dunklen am Tisch sitzen. Niemand holte sie zum Tanzen. Ich hatte eigentlich keine Lust, mich mit fremden Frauen Bauch an Bauch im Gedränge zu bewegen – aber zu einer Konversation hatte ich auch keine Lust. Also fragte ich die Frau, ob ich sie bitten dürfe. Allzu schlimm und schweißtreibend konnte es kaum werden, denn aus den Lautsprechern säuselte ein Slowfox. Sie spielten überhaupt nur langsame Sachen. Ich überlegte, ob sie das wegen der umsatzfördernden

Hautnähe der Tänzer so hielten, oder ob das vielleicht eine Auflage der Haftpflichtversicherung sei, die für zwangsläufige Rock'n'Roll-Verletzungen auf der Achteinhalb-Quadratmeter-Tanzfläche nicht aufzukommen bereit war.

Die schmale und schmaläugige Dame in meinem Arm fühlte sich erfreulich gut an. Ich merkte, daß sie keinen Büstenhalter trug, denn zwischen meiner Handfläche und ihrer Rückenhaut war nur ein bißchen Organdy oder wie das dünne Baumwollgewebe heißt. Und die Spitzen ihrer Brüste auf meinem Bauch waren auch uneingeschränkt spürbar.

Das schien doch ein schweißtreibender Tanz zu werden, denn die Dame bewegte sich so gezielt, schmiegte sich, die drangvolle Enge nutzend, so dicht an und schob ihren Oberschenkel so aufregend zwischen die meinen, daß ich nach drei Minuten dringend dem äußeren Rand des Nudeltopfs zustrebte, um den Abstand wiederherzustellen, der sie über meine physischen Reaktionen im unklaren ließ.

«Ist das hier immer so voll?» fragte ich, denn ich mußte irgendwas sagen, weil sie mich spöttisch ansah, als sie meinen Trick durchschaute, mit dem ich wieder auf Distanz ging.

«Wochentags nicht», sagte sie. «Aber freitags und sonnabends fast immer.»

«Ach ja», sagte ich.

«Ist Ihnen warm?» fragte sie.

«Ziemlich», sagte ich. «Die männliche Kleidung ist für Lokale mit so kleinen Tanzflächen ungeeignet.»

Wir tanzten an der Kante entlang. Die Schmale roch angenehm – nach teurer Seife und gutem Parfum und einem Haarwasser, das mich ein bißchen an Weihnachten erinnerte . . . so nach Pfefferkuchengewürz und Räucherkerzen.

«Sind Sie denn öfter hier?» fragte ich.

«Ja», sagte sie ohne Zögern. «Fast jeden Abend.»

«Jeden Abend?» wiederholte ich verdutzt.

«Sie zahlen dreißig Mark für den Abend und ein Getränk frei. Natürlich nur den einfachen Sekt – und dann nur für zwei Personen eine Flasche. Aber dreißig Mark steuerfrei auf die Hand . . .»

«Ach so», sagte ich.

«Ich bin arbeitslos, wissen Sie», fuhr sie fort. «Seit einem Jahr und zwei Monaten. Das heißt, ich habe statt vorher 850 netto heute nur noch etwas mehr als 500 im Monat. Meine Wohnung kostet mit Heizung knapp 300. Und von den 200, die mir bleiben, kann ich nicht leben. Also gehe ich hierher. Aber reden Sie nicht darüber, hören Sie!»

«Nein, bestimmt nicht», sagte ich. «Was haben Sie denn gearbeitet?»

«Ich war in der Buchhaltung einer Baufirma», sagte sie. «Das war sogar eine Art Vertrauensstellung – aber dann haben sie mich gefeuert, weil die Frau vom Chef irgendeine Cousine da reinhaben wollte . . .»

«Baufirma?» fragte ich. «Hier in der Gegend?»

«Ja», sagte sie. «In Olders. Die Kutsch AG.»

«Kenne ich nicht», log ich.

«Ach», machte sie und ließ meine Hand los, weil der Tanz zu Ende war. «Aber dann sind Sie auch kein Hiesiger. Hier kennt jeder die Firma. Aber das heißt nicht, daß jeder sie liebt. Weder die Firma noch den Chef . . .»

«Nein, ich bin nur für ein paar Tage da», sagte ich.

Die Musik fing wieder an. Diesmal war es ein Tango. Völliger Blödsinn, bei dem Gewühl Tango zu spielen. Aber ich legte trotzdem den Arm um die kleine Arbeitslose – und ich legte ihn (wie ich zugeben muß, aus Berechnung) einige Grade fester und zärtlicher um ihre schlanke Hüfte. Es wäre allerdings unwahr, wenn ich behaupten würde, die engere Tuchfühlung aus Berechnung habe mich große Überwindung gekostet.

«Ist dieser Herr . . . äh . . . Kutsch denn so ein unangenehmer Mann?» fragte ich, während wir schon wieder in die dichte Mitte des Menschenknäuels gerieten. Ich mußte es, des Namens wegen, leise fragen und beugte mich deshalb ans Ohr meiner Tanzpartnerin.

Sie legte mir die Wange an den Mund und spielte mit ihren Fingern an meinen Fingern.

«Das ist ein ganz ekelhaftes Schwein», sagte sie – aber sie sagte es so gurrend und aus tiefer Kehle, als ob sie mir einen Text aus dem *Kamasutra* zuflüstern wolle.

Ich schwieg. Wir tanzten stumm weiter – sofern man das rhythmische Geschaukel am Ort als Tanz bezeichnen kann. Ich hatte mein Gesicht wieder von ihrem gelöst, aber unsere Körper waren so eng beieinander, daß zwischen uns kein Stück Papier zu Boden hätte fallen können.

Der Hitze wegen hatte ich mein Jackett aufgeknöpft, so spürte ich die Bewegung ihrer Brüste durch die zwei dünnen Stoffschichten hindurch. Es wurde mir selbst immer schwerer, die Art, wie ich die Frau hielt und mit ihr tanzte, als geheiligtes Mittel zum Zweck zu bezeichnen.

Natürlich war sie ein echter Glückstreffer. Ich konnte von ihr sicher eine Menge Informationen über Kutsch bekommen, die ich mir sonst mühsam und vorsichtig hätte beschaffen müssen – aber darüber hinaus war sie auch angenehm anzusehen, zu riechen und anzufassen ... Verflixt und zugenäht!

Der Tango klang aus.

«Eine kleine Pause wäre ganz gut», sagte die Frau. «Oder ...? Mir ist auch warm geworden. Und durstig bin ich!»

Wir gingen zurück zum Tisch. Die Weißblonde saß schon. Der Schauspieler-Kellner strich vorüber. Er schien ein guter Menschenkenner zu sein, hatte uns tanzen sehen und wußte, daß nun eine Bestellung fällig war. Ich winkte.

«Nehmen Sie den Rest lauwarmen Sekt mit», sagte ich. «Und bringen Sie uns eine schöne kalte Flasche Champagner, bitte!»

«Aber gern, mein Herr!» sagte er.

«Was zu knabbern, meine Damen?» fragte ich.

Beide nickten. Die Stämmige heftig, die Kleine lächelnd.

«Also, Herr Ober, eine Schale Gebäck – Kekse, Nüsse . . . was Sie Hübsches haben, ja! Halt, den Burgunder lassen Sie stehen, mein Lieber! Wir mischen uns damit ein Spezialgetränk!»

«Türkenblut», sagte die Blonde und kicherte.

Ich weiß nicht, warum.

Die Musik setzte erneut ein. Der blonde Gemüsebauer-Bruder kam nicht, doch ich hatte keine Kavaliersambitionen.

«Darf ich bitten», sagte ich zu meiner Informationsquelle. Aus dem Lautsprecher drang ein langsamer Walzer.

Noch blödsinniger als ein Tango . . .

«Sie heißen Editha», sagte ich, als ich die Kleine wieder im Arm hatte. «Darf ich Sie so nennen?»

«Aber bitte . . .» gurrte sie.

«Ich heiße Christian!» verriet ich ihr.

Sie kuschelte sich an mich. Es war schon wieder rappelvoll auf dem Parkettstückchen.

Diesmal hatte ich mein Jackett gleich von Anfang an offen gelassen . . .

Ich habe zu Beginn dieser Aufzeichnungen und auch später von meiner Verpflichtung zur Wahrheit gesprochen.

Doch jetzt und hier an dieser Stelle bin ich unsicher, ob ich so detailliert weitererzählen muß. Etwas weglassen, was nicht unbedingt zum Gang der Handlung gehört, heißt ja nicht, die Wahrheit verfälschen – nicht wahr?

Nun, werden manche Leser sagen, einiges von dem, was du bisher erzählt hast, gehört auch nicht unbedingt zum Gang der Handlung – und doch hast du es erzählt.

Wen, bitte schön, schert zum Beispiel deine Schnupfengeschichte in der Klavierstunde? Was hat so was mit dem

Mord an Kutsch zu tun? Oder hast du damit irgendeinen Charakter zeichnen wollen? Deinen etwa? Oder war das nur ein atmosphärischer Schlenkrich, wie?

Also bitte, mein Bester, erzähle der Reihe nach weiter! Laß nichts aus! Schon gar nicht, wenn du dabei vielleicht keine so ganz gute Figur machst!

Was geschah in jener Nacht im *Aphrodite Club*?

Nein, ich setze mich über solche Fragen und Vorwürfe hinweg. Ich werde mir erlauben, einen Zeitsprung zu machen, nur einen kleinen von ein paar Stunden, aber einen, der nichts an der Wahrheit meines Berichts ändert ... Nichts!

Es ist doch völlig gleichgültig, *wie,* unter welchen Umständen ich *was* über Kutsch erfahren habe.

Ich habe viel erfahren in dieser Nacht. Und damit basta!

Wann bin ich aus dem Bericht ausgestiegen? Beim langsamen Walzer, den ich mit offener Jacke mit Editha tanzte. Das war ungefähr halb zwei Uhr. Gut.

Und nun steige ich wieder ein: Acht Stunden später.

Und ich finde den Kontrast zwischen Ausstieg und Einstieg sehr schön, denn ich saß acht Stunden später – halb zehn Uhr am Sonntagvormittag – in der Kirche jener Gemeinde von Olders, die ein neues Sechs-Millionen-Gemeindezentrum bauen wollte – und zwar saß ich allein auf einer der hinteren Bänke, von denen aus man, da sie erhöht stehen, das ganze Kirchenschiff übersehen kann.

Ich saß nicht allein, neben, hinter und vor mir saßen auch noch Leute, nicht sehr viele, vielleicht fünfzig, sechzig auf den vierhundert harten Plätzen. Aber ich saß ohne Begleitung da. Wer hätte mich denn auch begleiten sollen? Editha? Deren Gesicht hätte ich sehen mögen, wenn ich gesagt haben würde: «Kommst du mit in die Kirche, Mädchen?»

Dabei hatte sie mich mit ihren Schilderungen der Lebensgewohnheiten Kutschs erst auf den Gedanken gebracht, ihn auch als Kirchgänger zu besichtigen.

Da kam er schon.

Er kam nicht einfach, wie die anderen Gläubigen – er trat auf.

Ich weiß im Augenblick gar nicht, ob ich sein Äußeres überhaupt schon beschrieben habe, außer daß ich – zugegebenermaßen haßerfüllt – etwas über seinen lauernden Blick, die brutal wirkende vorgeschobene Unterlippe, die kalten Augen mit dem eigenartigen bösen Glanz und die fettige Lache gesagt habe. Ich blättere zurück . . . nein – doch das muß nachgeholt werden, denn aus dem bisher Gesagten kann sich niemand ein Bild machen.

Kutsch war nicht groß. Ich schätze 1,60 bis 1,64 – größer keinesfalls. Damals als Lazarett-Hauptfeldwebel in Sumy, in der gutsitzenden, weil maßgeschneiderten Uniform (wie sie sich alle Etappenunteroffiziere und -offiziere machen ließen, wenn es ihnen gelang, für ihren Stab einen Schneider zu requirieren) – damals also hatte Kutsch zackig und drahtig gewirkt. Er war so ein kleiner, scharfer, schneidiger Kommißkopp von der gefährlich-vitalen Sorte.

Er hatte rötlich schimmerndes braunes Haar, einen runden Schädel und kleine, seltsam anliegende Ohren. Während die Unterlippe vorgeschoben war, sah die Oberlippe verkniffen aus, als habe er eine Hasenscharte, und die Partie von der Lippe zur fleischigen, kurzen Nase war ungewöhnlich lang und leer.

Mit dem Bartwuchs haperte es ganz offenbar bei ihm, denn da sproß nur ein heller Flaum. Ein Milchbart, sozusagen.

Kutschs Gesichtsausdruck hatte sich in den Jahrzehnten nicht geändert. Seine Gestalt war massiver geworden, das Zackige, Drahtige war einer behäbigen Breite gewichen. Sein Hals hatte im Genick Speckfalten, und unter der kurzen Nase stachelte ein graublonder Bart, der die lange Partie über der Oberlippe fast noch länger wirken ließ.

Bei seinem heutigen Auftritt in der Kirche trug Kutsch einen kostbaren Kamelhaarmantel mit einem Schal, der für seine inzwischen immerhin gut sechzig Jahre fünfundzwanzig Jahre zu hellblau war.

Er ließ den Blick über die versammelten Kirchgänger gleiten. Wahrscheinlich wollte er feststellen, ob ihn auch alle bemerkten, wie er da so breitbeinig und herausfordernd den Mittelgang entlangstolzierte, auf die erste Bank vor der Kanzel und dem Altar zu, neben sich seine Frau im Chinchilla.

Chinchilla ist ein sehr teurer Pelz von Nagetieren.

Kutschs Frau trug nicht nur das Fell dieser Tiere, sie sah auch so aus.

Meinen Informationen nach war die Gemahlin des Baumillionärs seine zweite Ehegefährtin, nachdem er sich von der ersten hatte scheiden lassen. Diese zweite war die übriggebliebene Tochter einer Familie mit großem Namen, zu deren Besitztümern auch Zementfabriken und Ziegeleien gehörten. Daß sie übriggeblieben war, trotz ihres goldenen Hintergrundes, sei nicht verwunderlich – hatte mir Editha erzählt –, denn sie habe sogar im Modellbrautkleid von Dior, mit Kranz und Schleier, wie eine besonders wirkungsvolle Vogelscheuche ausgesehen. Von Liebe, meinte meine Informantin, sei jedenfalls bestimmt bei dieser Heirat nicht die Rede gewesen – denn sonst hätte Kutsch nicht schon wenige Wochen nach der Hochzeit der hübschen Tochter eines seiner Architekten eine Wohnung in der Nachbarstadt eingerichtet . . . und so weiter.

An der Seite seiner nagetierähnlichen Gemahlin also begab sich Kutsch – von *Bachs Passacaglia und Fuge in F-dur* umrauscht – auf die vorderste Kirchenbank, stellte sich, als sei er in ein inbrünstiges Gebet versunken, ein paar Minuten zu lange vor den Platz, ehe er sich setzte, und begrüßte dann mit mehrmaligem Nicken den lederhäutigen Kirchenältesten, mit dem er gestern abend im Hotelrestaurant gegessen hatte.

Ich war ziemlich müde. Es fiel mir schwer, während des

ganzen Gottesdienstes und vor allem während der endlosen Predigt, die – wie es Predigten oft an sich haben – ein knochenloses Gelaber war (von einem knödelstimmigen, rosigen Pastor vorgetragen) – es fiel mir schwer, die Augen offen zu halten.

Das machte mich ganz nervös. Wenn Charlotte neben mir gesessen hätte, wäre ich einfach eingenickt. Sie kennt das schon und weckt mich behutsam und unauffällig, wenn ich zum ersten leisen Schnarcher ansetzte.

In der Oper, vor allem in den Inszenierungen klassischer Repertoirestücke, überkommt mich jedesmal unüberwindliches Schlafbedürfnis. Das mag an den aufgesperrten Mäulern der Tenöre und Primadonnen liegen oder an dem massiven Einsatz so vieler Streicher, ich weiß es nicht. Am besten kann ich bei Verdi schlafen. Puccini geht auch – aber bei Wagner ist es wegen des in unberechenbaren Abständen ausbrechenden Lärms nahezu unmöglich. Und bei Mozart stellt sich die Müdigkeit nur in einzelnen Passagen der *Zauberflöte* ein.

Charlotte saß aber leider hier in der Kirche von Olders nicht neben mir. Ich mußte mir selbst helfen, wach zu bleiben, und ich schaffte es auch dank der harten Bank und dank der plötzlich wieder auftauchenden Idee, die mir letzte Nacht bei der Begegnung mit Kutsch verlorengegangen war.

Die Idee war noch immer nicht recht faßbar und deutlich, immer nur noch ein Schatten, ein Hauch . . . Aber ich spürte in meinem schlaftrunkenen Kopf, daß dieser Weg, Kutsch zu beseitigen, ein gangbarer, um nicht zu sagen ein guter Weg sein könnte.

Ich fummelte, auf der Suche nach einem Stück Papier, die Rechnung des *Aphrodite Clubs* aus einer Tasche. Eine stolze Rechnung. Für das Zimmer im zweiten Stock hatten mir die Halunken sage und schreibe 200 DM abgenommen, und das war nun wirklich kein Luxusquartier gewesen, zum Teu- . . . Pardon! . . . Weiß Gott nicht!

Meinen Kugelschreiber fand ich auch nicht gleich –

aber dann hatte ich ihn, gerade als der Pastor den Segen sprach, und kritzelte auf die Rückseite der Rechnung: ‹Eine Story als Alibi› – damit ich's nicht wieder vergessen konnte.

Die Orgel dröhnte los. Die Gemeinde sang.

Ich sang mit: «O komm du Geist der Wahrheit, und kehre bei uns ein, verbreite Licht und Klarheit, verbanne Trug und Schein . . .»

Schöner Choral, auch leicht zu singen.

Meine Güte . . . Richtig! . . . Es ging ja auf Pfingsten . . .!

Den Text der zweiten Strophe konnte ich schon nicht mehr und mußte im Gesangbuch nachschauen, das ich mir am Eingang mitgenommen, bis jetzt aber nicht benutzt hatte.

Die dritte Strophe gefiel mir, und ich sang laut mit:

Unglaub und Torheit brüsten
sich frecher jetzt als je;
darum mußt du uns rüsten
mit Waffen aus der Höh'.
Du mußt uns Kraft verleihen,
Geduld und Glaubenstreu,
und mußt uns ganz befreien
von aller Menschenscheu . . .

Na, bitte!

So ganz wohl war mir zwar nicht in meiner Rolle als Choralsänger, der sich den frommen Text für seine speziellen, nicht frommen Bedürfnisse auslegt – aber schließlich plante ich den Mord ja nun wirklich und wahrhaftig nicht aus Eigennutz.

Es ging darum, die Welt von einem Kerl zu befreien, der böse war. Ich plante also – so grotesk das auch klang – eine gottgefällige Tat . . . oder?

Beging ich etwa ein Sakrileg mit solchen Gedankenverbindungen? War es unmöglich, unerhört, für einen so unmenschlichen Plan auch noch die Nachsicht, den Segen des Himmels zu erwarten und in Anspruch zu nehmen?

Mein Mord in Gottes Ohr?

Ein schöner Titel! Ein hinreißender Titel für die Geschichte, die ich – als Schutzschild und Waffe – schreiben würde.

8

Nach dem Schlußchoral war ich als erster aus der Kirche gelaufen, um, halb taub vom Glockengeläute, auf dem Vorplatz auch noch Kutschs Abgang zu sehen.

Das war schon bemerkenswert: Wie er in den Kollektekasten am Ausgang einen Hundert-Mark-Schein steckte – nicht einfach zusammengefaltet und unauffällig, sondern mit großer Geste, den Schein erst so in den Schlitz stekkend, daß er knautschte . . . dann mit scheinbar verlegenem Lächeln das geknautschte Papier glättend und faltend . . . wobei die ganze Kirchgängerschlange hinter ihm warten und zusehen mußte . . . Irre peinlich, aber nicht für Kutsch.

Und diese Frau Gattin im Chinchilla mit dem Nagetiergesicht . . . Und das Auto, in das die zwei stiegen . . . ein Bentley, siebzigtausend Eier schwer . . . Rolls-Royce traute er sich wohl denn doch nicht in dem Kaff . . . Fehlte nur noch ein Chauffeur in Livree, der den Wagenschlag aufgemacht und die Mütze abgenommen hätte, wenn die Herrschaften ihre dicken Ärsche in die Polster rangierten . . . Aber es war auch so, auch ohne Chauffeur unsäglich . . .

Doch der Pastor sah dem Schauspiel milde lächelnd zu von der Kirchentür her und dachte wohl an die neue Glocke, die nötig war, weil die jetzige einen Sprung hatte.

Und der ledergesichtige Kirchenälteste stand mit zwei anderen zusammen, die auch wie Kirchenälteste aussahen. So ein bißchen bierernst und beflissen . . .

Alle guckten Kutsch nach, und alle waren offensichtlich sehr beeindruckt.

Auf dem Weg von der Kirche zum Hotel ging ich in einen Blumenladen und ließ das verhutzelte Frauchen, das da bediente, zwei Sträuße binden: Einen großen, bunten mit Pfingstrosen, Margeriten und Levkojen für Dorothea Schnurbusch und einen zweiten mit dreizehn Rosen – rosafarbene, nicht rote – für Editha. Zu beiden schrieb ich eine kleine Karte: ‹Dank für die Gastfreundschaft› und ‹Dank für . . .› na ja . . . ‹Dank für den reizenden Zeitvertreib!› Und ich schärfte der Blumenfrau ein, die Karten ja nicht zu verwechseln, gab die Adressen an, bezahlte und ging ins Hotel.

Unter den mißbilligenden Blicken des dicken Zimmermädchens, das sich in seiner Zimmermädchenehre gekränkt zu fühlen schien, weil ich das Hotelbett nicht benutzt hatte, sondern an diesem Sonntagmorgen nur zum Rasieren in das Quartier gekommen war, hängte ich das Schildchen ‹Bitte nicht stören!› außen an die Tür, vor der die Entrüstete gerade auf dem Flurläufer staubsaugte. Dann schloß ich von innen ab, duschte lange und mit Genuß und legte mich schlafen.

Als ich erwachte, brauchte ich eine ganze Weile, bis ich wußte, wo ich war.

Das ist seltsam, wie sich im Schlaf und in dem Schwebezustand zwischen Wachsein und Schlafen – Schlafen und Erwachen – die Zeit verhält: Mal ist sie endlos lang, und es geschehen in Minuten, ja Sekunden ganze Tagesabläufe. Mal kommt es einem vor, als habe man gerade auf die Leuchtziffern der Nachttischuhr geguckt und festgestellt, daß es noch Nacht ist – und dann, anscheinend nur eine Minute später, ist es schon später Morgen.

Ich suchte im Halbschlaf das hellere Viereck meines heimischen Schlafzimmerfensters rechts vom Bett – aber da war nichts. Es befanden sich zwei kleinere Vierecke links, und mein Nachttischlampenschalter war überhaupt verschwunden, und wieso hatte ich so eine schwere Bettdecke und . . . Ach ja, langsam kam Klarheit in meine traumverfitzten Ganglien – richtig, ich war im Hotel . . . Wie hieß das gleich?

Egal . . . Okay, alles in Ordnung – nur keine Panik!

Wenn ich erst mal richtig wach wäre, dann käme Zeit und Raum schon wieder in die Reihe.

Das Telefon plärrte und wirkte wie ein nasser, kalter Waschlappen. Ich fuhr auf und angelte mir den Hörer vom Apparat, der gerade so weit außer Reichweite stand, daß man schon richtig wach geworden sein mußte, um ihn fassen zu können.

«Ja, bitte?» sagte ich.

«Guten Tag, Herr Dr. Bärwinkel!» sagte eine fremde Frauenstimme. Und ich hätte beinahe Falsch verbunden! erwidert und ärgerlich aufgelegt – da fiel mir ein, daß ich ja doch der richtige Adressat dieses Anrufs war.

«Guten Tag!» gab ich also etwas verwirrt zurück.

Es war Dorothea Schnurbusch, und sie bedankte sich für den bunten Blumenstrauß, über den sie sich offenbar richtig gefreut hatte.

«Ich möchte Sie gern morgen zu uns einladen», sagte sie. «Mittag oder Abend – wie Sie am besten können. Ich mache einen großen Salat, und mein Vater hat gesagt, er holt eine von seinen staubigsten Weinflaschen aus dem Keller. Meine Salate sind berühmt – wenn Sie so was überhaupt essen . . .?»

«Jaja, natürlich, sehr gern!» warf ich ein.

«Auch Rohkost?» fragte sie.

«Ja», sagte ich. «Sogar mit besonderer Vorliebe!»

«Nun schwindeln Sie aber!» rief sie lachend. «Das ist lieb von Ihnen – aber ich weiß doch, daß Sie schwindeln. Denn Papa sagt, Männer essen lieber Fleisch. Deshalb geht er ja auch ein-, zweimal jede Woche zum Fleischessen aus. Aber ich darf kein Fleisch essen, hat der Arzt verordnet. Und ich habe mich an meine Diät gewöhnt. Und deshalb bin ich auch eine Salatspezialistin geworden, Herr Dr. Bärwinkel!»

«Okay, liebes Fräulein Dorothea», sagte ich, obschon mir nicht gerade das Wasser im Munde zusammenlief beim Gedanken an rohen Rot-, Weiß- oder Blumenkohl, an Radieschen und geschnippelten rohen Sellerie. «Ich komme morgen abend gern und freue mich auf Ihren Spezialsalat! Welche Zeit?»

«Sieben, wenn es recht ist», sagte sie.

«Ist recht! Danke vielmals! Empfehlung und Grüße an den Herrn Papa! Auf Wiedersehen!»

Damit legte ich auf, liebäugelte zehn Sekunden mit dem Kopfkissen, schüttelte dann den Drang zur Faulheit ab und stand auf.

Es war 18 Uhr vorüber. Ich hatte fast sieben Stunden geschlafen. Mein Magen meinte, die Notwendigkeit der Nahrungsaufnahme anmahnen zu müssen. Er knurrte. Ich guckte meine Reiseschreibmaschine an, die ich vor dem Schlafengehen aufgeklappt hatte, überlegte, dachte an den Spruch *Plenus venter – non studet libenter* und kam zu der Auffassung, daß nicht alle Sprüche ernst genommen werden müßten.

Wo kämen wir denn da hin?

Da ich schon ‹Der Krieg ist der Vater aller Dinge› für einen idiotischen Spruch halte, selbst wenn er zehnmal von einem alten Griechen stammt, dann brauche ich mich nach *plenus venter* ... (Ein voller Bauch studiert nicht gern) genauso wenig zu richten wie nach solchen Weisheiten à la ‹Wer nie sein Brot mit Tränen aß, wer nie die kummervollen Nächte auf seinem Bette weinend saß, der kennt euch nicht, ihr himmlischen Mächte ...› – was nicht nur miserabel gereimt, sondern auch echter Quark ist, obschon – oder vielleicht gerade weil – es von einem berühmten Geheimrat verzapft wurde, der mit Sicherheit sein Brot stets mit Butter statt mit Tränen gegessen hat.

Soweit – so gut.

Ich merkte, daß ich mich mit meinen Überlegungen auf sehr schwankendem Seil befand, denn heute vormittag in der Kirche hatte ich mit wesentlich weniger Skepsis den Choraltext akzeptiert, weil er mir gerade ins Konzept paßte – und jetzt, da ich hungriger als arbeitslustig war, leugnete ich plötzlich den menschlichen und moralischen Wert überkommener Sentenzen.

Vielleicht wäre ich ja doch noch an die aufgeklappte Reiseschreibmaschine gegangen und hätte, um mir selbst meine Charakterstärke zu beweisen, eine Stunde oder zwei gearbeitet – wenn ich nicht das Fenster zum Hof geöffnet und einen so intensiven Bratenduft gerochen haben würde, der von unten aus der Küche heraufwehte, daß ich auf der Stelle den Schreibmaschinenkoffer zuklappte, einen Schlips umband und schnurstracks aus dem Hotelzimmer, den getäfelten Gang entlang, die Treppe hinab und in das noch fast leere Restaurant lief.

Dort empfing mich der Wirtsneffe und Kellner mit seinem zu lauten «Guten Abend, Herr Doktor!», führte mich zu dem Tisch, an dem ich gestern abend mit Schnurbusch gegessen hatte, reichte mir die Karte und stand herum und kaute sichtlich an der Frage, ob ich denn noch im *Aphrodite Club* und wie es dort gewesen sei . . .

Ich spielte nicht mit und ließ ihn kauen, bestellte mir ein Rumpsteak mit Salat und Kräuterbutter und dazu eine Flasche Mineralwasser, was ihn deutlich irritierte.

Es war nicht meine Absicht, ihn zu irritieren. Ich wollte nur heute nicht von Rotwein – geschweige denn von anderen flüssigen oder gar zweibeinigen Rauschmitteln – müde werden, sondern von ein paar Stunden Nachdenken und Schreiben.

Ich kann überall arbeiten. Wenn ich einen interessanten Stoff, ein aufregendes Thema, eine gute Geschichte im Kopf habe, brauche ich keine «Atmosphäre» zum Schreiben – weder einen mulschigen Apfel in der Schublade noch den Anblick einer grünen Wiese, noch den Duft von Kaffee oder Kölnisch Wasser.

Der Ausdruck «eine gute Geschichte im Kopf» ist übrigens irreführend. Er könnte den, der selber nicht schreibt, auf den Gedanken bringen, eine gute Geschichte im Kopf sei schon die halbe Miete, die Voraussetzung für das Gelingen, das A und O für den Erfolg der Arbeit.

Doch das ist durchaus nicht immer so. Sehr oft haben

sich – wenigstens bei mir ist das so – gute Geschichten im Kopf als spröde, zähe Geschichten erwiesen, wenn sie aufs Papier sollten. Oder Einfälle, die wie Riesen aussahen, ungeheure Themen, mächtige Motive, gewaltige Probleme, fabelhafte Vorwürfe erwiesen sich beim Versuch, sie zu gestalten, als Zwerge, als Winzlinge, bestenfalls als Sujets für eine Kurzgeschichte – oder aber als glitschige Fische, ungreifbar, ganz und gar ungeeignet für den umfänglichen Roman, den man erst glaubte, daraus machen zu können.

Doch zurück zur Arbeitsweise.

Ich kann also, wie gesagt, überall schreiben und habe auch schon in Eisenbahnabteilen, in Flugzeugen, in Hotels, auf Almen oder an Stränden geschrieben.

Es geht manchmal sogar besser als zu Hause in meinem Arbeitszimmer, weil ich da zu viele Möglichkeiten habe, den Beginn einer Arbeit aufzuschieben, indem ich mit Hinz und Kunz telefoniere (und mir einrede, wie wichtig diese Telefonate sind, obschon sie zu 90 Prozent keine Bedeutung haben – und dann noch so tue, als ob ich ja zu nichts komme vor lauter Telefongesprächen . . .), oder indem ich anfange aufzuräumen, Bücher zu ordnen, irgendwas von einer Stelle an die andere zu packen . . . und so weiter, und so weiter.

Ja, ich geniere mich vor lauter Drückebergerei vor dem Arbeitsbeginn nicht mal, so unnütze Dinge zu tun wie Bleistifte zu spitzen, die Kakteen auf dem Fensterbrett umzutopfen, die Schreibmaschine zu reinigen oder sonstwas.

Unterwegs entfallen die meisten dieser Fluchtmöglichkeiten vor der Arbeit, da gibt's nichts aufzuräumen, keine Bücher zu ordnen, keine Bleistifte und Kakteen. Zum Reinigen der Schreibmaschine fehlt mir das Gerät, es bleibt nur das Telefon.

Wieder in meinem Hotelzimmer, klappte ich den Kofferdeckel der Schreibmaschine auf, spannte einen Bogen mit Kohlepapier und Durchschlag ein, polsterte den

Stuhl vor dem unbenutzt wirkenden kleinen Hotelzimmerschreibtisch mit dem Kopfkissen, weil er zu niedrig war – setzte mich zur Probe, stand jedoch gleich wieder auf und hockte mich, das Telefon auf den Knien, aufs Bett.

Ich rief zu Hause an, ließ lange klingeln und freute mich beinahe, daß Charlotte nicht da war. So konnte ich mein schlechtes Gewissen ein bißchen mit dem blöden Argument beschwichtigen, daß sie sich ja offenbar auch amüsierte, wenn ich nicht zu Hause war.

Ich legte auf und ging auf und ab, warf jedesmal, wenn ich an der Schreibmaschine vorüberkam, einen Blick auf den jungfräulichen Papierbogen, setzte mich endlich und schrieb: «Philipp Gohlis» und darunter, gesperrt, quer über die Seite: «Dein Mord in Gottes Ohr» – unterstrich die Titelzeile und stand wieder auf und begann abermals, im Zimmer hin und her zu wandern.

Eine Weile blieb ich am Fenster stehen und sah auf den Hof. Es war noch ein Rest rötlicher Sonnenschein auf dem Dach der Remise. In einem Opel saß ein Pärchen und schien sich zu zanken. Ich konnte von oben ihre Köpfe nicht sehen, sondern nur ihre Oberkörper, Schöße, Knie und Hände. Die Hände des Mannes hinter dem Lenkrad waren geballt. Mit der Rechten haute er auf sein Knie. Die Hände der Frau zerzupften flatternd ein Papiertaschentuch.

Ich malte mir aus, worüber sie stritten. Das konnte etwas unheimlich Wichtiges sein – etwas richtig Schicksalhaftes: ob sie sich das Kind wegmachen lassen sollte oder ob sie es kriegen sollte . . . und ob er sie heiraten würde, wenn sie es wegmachen ließe – oder nur, wenn . . . Oder sie zankten sich bloß um die Frage Kinogehen oder Essengehen. Sicher war sie für Kino, weil da ein Film mit Travolta lief, den sie echt Spitze fand – und er war für Rouladen mit Kartoffelmus, weil er diesen Lackaffen im weißen Anzug sowieso zum Kotzen fand, und weil sie heute auch nicht zu Mittag gegessen hatten. Sonntags frühstückten sie immer erst so spät und so reichlich und machten noch eine ganze Weile im Bett miteinander rum ... Deshalb war er nun hungrig, und zwar auf was Richtiges, nicht auf Currywurst mit Pommes frites an der Bude neben dem Kino ... Und sie sehnte sich nach dem Kino mit Travolta, weil das wieder nicht recht was gewesen war mit ihm heute morgen ...

Ich ging schnell weg vom Fenster, damit meine Phantasie aus dem sich zankenden Pärchen nicht noch einen Schicksalsroman machen konnte.

Auf dem Bogen der Schreibmaschine stand noch immer nur: «Dein Mord in Gottes Ohr».

Der Anfang! Himmelherrgottsakrakruzi ... der Anfang!

Die erste Zeile! Die ersten Worte und Sätze! Wenn ich doch nur erst mal diese vermaledeite erste Hürde hinter mir hätte!

Das ist so wichtig, wie eine Geschichte, ein Buch anfängt. In den ersten Worten und Sätzen wird der Ton festgelegt – muß das Interesse geweckt werden, muß der Magnet sein, der zum Weiterlesen zwingt. Das ist bei Krimis und Krimistories fast noch wichtiger als in der anderen Literatur.

Es gibt phantastisch gute Buchanfänge – aber es fällt mir schwer, dafür eine Regel aufzustellen oder ein Rezept zu geben.

Am ehesten wird das an Beispielen deutlich. Heinrich Mann beginnt seinen *Professor Unrat* mit dem Satz: «Da er Raat hieß, nannte ihn die ganze Stadt ‹Unrat›. Nichts konnte einfacher und natürlicher sein.»

Joseph Conrads *Nigger vom Narzissus* fängt so an:

«Herr Baker, der Erste Offizier der Brigg ‹Narzissus›, trat mit einem weiten Schritt aus seiner erleuchteten Kajüte auf das dunkle Achterdeck hinaus.»

In Günter Grass' *Blechtrommel* heißt der erste Satz:

«Zugegeben: ich bin Insasse einer Heil- und Pflegeanstalt, mein Pfleger beobachtet mich, läßt mich kaum aus dem Auge; denn in der Tür ist ein Guckloch, und meines Pflegers Auge ist von jenem Braun, welches mich, den Blauäugigen nicht durchschauen kann.»

Schöne Buchanfänge, nicht wahr? Suggestiv, magnetisch.

Auch in meiner Sparte, bei Kriminalromanen, bei denen die ersten Sätze – wie gesagt – ebenso wichtig, wenn nicht gar noch wichtiger sind, gibt es großartige Beispiele.

Irene Rodrian hat *Barfuß über Scherben* mit dem Fünf-Worte-Magnet-Satz: «Vermutlich war es doch Angst», begonnen.

Kollege -ky läutet *Ein Toter führt Regie* so ein:

«Heute wirst du sterben.»

Friedhelm Werremeiers erster Satz in *Trimmel macht ein Faß auf* heißt: «Der Totenkopf ist von Hand gemalt, einer nicht sehr geübten Hand, die gekreuzten Gebeine darunter sehen aus wie zwei Zündhölzer mit Zündköpfen an beiden Enden.»

Und schließlich – als i-Tüpfelchen sozusagen – ein paar Anfangstakte des Meisters Raymond Chandler. Die ersten Zeilen seines Buches *Der lange Abschied* klingen so:

«Als ich Terry Lennox zum erstenmal zu Gesicht bekam, lag er betrunken in einem Rolls-Royce Silver Wraith draußen vor der Terrasse des *Dancers*. Der Parkplatzwächter hatte den Wagen gebracht und hielt immer noch die Tür auf, weil Terry Lennox' linker Fuß immer noch draußen baumelte, als hätte er vergessen, daß er einen besaß. Sein Gesicht wirkte jung, doch sein Haar war schlohweiß.»

Genügen diese Beispiele quer durch den literarischen Garten? Habe ich damit verständlich machen können, was ich unter einem guten Anfang verstehe, und daß er eben wie ein Strudel sein muß, in den jeder gezogen wird, der das Buch nur aufklappt?

Aber ich hatte keinen Anfang für meine Geschichte. Ich war mir noch nicht mal im klaren, ob ich sie in der ersten oder in der dritten Person schreiben sollte.

Das ist eine entscheidende Frage. Was mich angeht, ich schreibe sehr gern in der Ich-Form, obschon das die Arbeit nicht gerade erleichtert. Denn man hat ja nur eine Erzählebene und kann mit seiner Geschichte räumlich und zeitlich nur dort sein, wo der Ich-Held ist. Das schließt die schöne Möglichkeit aus, immer dann, wenn die Handlung in eine Sackgasse geraten ist – und das kommt ja vor –, in den zweiten oder dritten Handlungsstrang umzuschalten.

Der Vorteil einer Ich-Geschichte wiegt jedoch solche Einengungen leicht auf. Erstens schreibt sich's leicht, wenn man so tut, als sei man selbst der Held. Seltsamerweise kommt es immer wieder vor, daß man sich bei der Arbeit zunehmend in die Haut des Ichs versetzt und so denkt wie das Ich, so spricht und gleiche Reflexionen hat.

Wobei es gleichgültig ist, ob der Ich-Erzähler ein sympathischer, strahlender, erfolgreicher, lebenstüchtiger Kerl ist – oder ob er ein gejagter Finsterling ist, eine miese Type.

Zwischen einem Satz wie: «Sie können mir gestohlen bleiben, Herr Kommerzienrat», sagte *ich* – und: «Sie können mir gestohlen bleiben, Herr Kommerzienrat», sagte *er* – ist meinem Gefühl nach ein großer Unterschied. Wenn *ich* das sage, gehört *meine* Überwindung *meiner* Barrieren dazu und *meine* Zivilcourage. Doch wenn *er* das sagt . . . na ja, dufter Typ, denkt man da, hat allerhand Mumm, aber wer weiß, ob er nicht in Wirklichkeit eher ein Angsthase ist, der mal ausflippt . . .

Es kommt hinzu, und dies ist eher eine erfolgsstrategische als eine literar-technische Überlegung, daß der Leser sich mit einem Ich-Helden – besonders im Krimi – lieber und leichter identifiziert und solidarisiert als mit einem Herrn in der dritten Person.

Bei der Geschichte, die ich zu schreiben vorhatte, dieser Alibi-Geschichte, die mir für meinen geplanten Mord an Kutsch als Schutz, Schirm und Waffe dienen sollte, war die Entscheidung, ob erste oder dritte Person, besonders schwerwiegend und kompliziert.

Ich kam nach Abwägung aller Gründe zu dem Entschluß, die Geschichte in der ersten Person zu schreiben. Das kam meiner Vorliebe für diese Methode entgegen, und ich hielt es auch für glaubwürdiger, wenn ich dem möglichen, ja vielleicht sogar wahrscheinlichen Verdacht, ich sei Kutschs Mörder, mit folgendem Argument würde entgegentreten können: «Aber ich bitte Sie, Herr Kommissar, ich bitte Sie! Denken Sie doch mal nach! Nur weil da irgendwo ein Mensch auf die Art und Weise umgebracht worden ist, die ich Wochen vorher in einer erfundenen Geschichte beschrieben habe ... Nur deshalb bringen Sie mich in Verbindung mit dieser Tat? Überlegen Sie doch mal, verehrter Herr Kommissar, daß es geradezu hirnrissig von mir wäre, gewissermaßen im voraus ein Geständnis abzulegen – noch dazu in der Ich-Form! Sehen Sie, ich habe zwei Dutzend Kriminalromane und mehrere Dutzend Kriminalstories geschrieben. Darin sind – ich habe es nicht nachgezählt – aber bestimmt vierzig, fünfzig Morde geschehen und geschildert worden. Meinen Sie nicht, daß Sie dann schon viel früher hätten zu mir kommen, mich schon lange hätten verdächtigen müssen, irgendwo irgendeinen Mord begangen zu haben, der in seiner ‹Machart› – entschuldigen Sie das zynisch klingende Wort – in seiner Technik einer meiner Geschichten ähnelt?

Da gibt es zum Beispiel einen Roman von mir, in dem jemand – eine alte Frau – mittels Schlaftabletten wehrlos gemacht und dann samt ihrem Haus verbrannt wird. Das habe ich vor fünf oder sechs Jahren geschrieben. Und gerade neulich habe ich in der Zeitung gelesen, daß auf genau dieselbe Art und Weise ein alter Mann ermordet worden ist: eingeschläfert, ins Bett gepackt, verbrannt ...

Warum sind Sie da nicht zu mir gekommen? Und warum, verehrter Herr Kommissar, sollte ich – noch dazu in der Ich-Form – einen Mord erst beschreiben, die Beschreibung veröffentlichen und ihn dann selber begehen? Und warum sollte ich Ihren Herrn ... äh ... wie heißt, pardon, wie hieß das Opfer? – Kutsch? Danke! – Warum also sollte ich Ihren Herrn Kutsch in ... Wo war das? Olders? Wo ist das, bitte? Nie gehört ... Warum also sollte ich diesen Herrn Kutsch in Olders umgebracht haben? Ich kannte weder ihn noch kenne ich den Ort – und ohne Motiv gibt's keinen Mord ... Haha, verzeihen Sie – ich wollte keinen Reim machen.

Na, da sind wir uns doch einig, wie? Oder? ...»

So würde ich reden – wenn es überhaupt zu so einer Vernehmung käme.

Falls der Kriminalkommissar mich dann fragen sollte, ob ich es nicht doch merkwürdig fände, daß meine Geschichte mit der realen Tat so minuziös übereinstimme – dann würde ich gegenfragen, ob er es nicht für möglich halte, daß der Mörder die Anregung sich aus eben dieser Geschichte geholt habe, sie sei ja immerhin in 1,5 Millionen Exemplaren der Zeitschrift Soundso verbreitet worden, nicht wahr ...?

Ich würde das aber weder arrogant noch sonstwie von oben herab sagen, im Gegenteil, ich würde ein gewisses Bedrücktsein zur Schau stellen – denn es ist natürlich nicht gerade angenehm, als Lehrmeister oder Animateur von Morden angesehen zu werden ... selbst dann nicht, wenn man das unfreiwillig geworden ist und gegen die künstlerischen Ambitionen ... und so weiter, und so fort.

Wir würden uns dann wahrscheinlich – immer vorausgesetzt, wie gesagt, daß es zu dieser Vernehmung überhaupt käme – wir würden uns über das Problem unterhalten, ob Gewaltdarstellungen im Fernsehen und im Kino und in Büchern oder Zeitschriften tatsächlich Gewalt auszulösen vermögen. Ein schönes, schön abstraktes Thema – und damit hätte sich's dann gehabt.

Aber ich wollte die Geschichte, deren Titel bisher immer noch als einziges – außer meinem Namen – auf dem Papierbogen in der Schreibmaschine stand . . . ich wollte die Geschichte also doch lieber in der dritten Person schreiben, denn nun, da ich so nahe daran war, wurde mir bei dem Gedanken an die Ich-Form doch irgendwie ein bißchen mulmig, wenn das auch ganz albern war.

Gut. Also dritte Person. Das war klar. Wenn ich bloß einen Anfang gehabt hätte!

Mir fiel das Chandlersche Rezept ein: «Der Berufsschriftsteller sollte einen bestimmten Zeitraum haben, sagen wir mindestens vier Stunden am Tag, wo er nichts anderes tut als schreiben. Er muß nicht unbedingt schreiben, und wenn ihm nicht danach ist, sollte er es auch nicht versuchen. Er kann aus dem Fenster schauen oder einen Kopfstand machen oder sich auf dem Fußboden schlängeln, aber er soll nichts vollkommen anderes tun, soll nicht lesen, Briefe schreiben, in Zeitschriften blättern oder Schecks ausfüllen. Entweder schreiben oder gar nichts. Ich finde, das funktioniert. Zwei ganz einfache Regeln: Erstens, man muß nicht schreiben. Zweitens, man kann nichts anderes tun. Der Rest kommt von selbst.»

Aus dem Fenster geschaut hatte ich schon. Kopfstand kann ich nicht. Auf dem Fußboden mochte ich mich nicht schlängeln. Also setzte ich mich vor die Schreibmaschine und übte mich im Nichtstun. Ich hatte durchaus nicht die Absicht, vier Stunden mit Nichtstun vor der Schreibmaschine zu verbringen, obschon ich bei anderer Gelegenheit erfahren habe, wie richtig Chandlers Ratschlag ist. Aber es war ja inzwischen acht Uhr abends – und ich glaubte nicht, daß ich das bis Mitternacht aushalten könnte.

Da saß ich, hatte die Füße auf die Schreibtischplatte gelegt, betrachtete die geblümte Hotelzimmertapete und wartete auf eine Eingebung für den Anfang meiner Geschichte.

Ich werde sehr oft gefragt: Wie machen Sie das? Woher nehmen Sie die Einfälle? – doch ich habe kein Rezept als Antwort.

Es gibt auch kein Rezept für das Einfälle-Haben. Ja, gut – man kann sie bis zu einem gewissen Grade herbeizwingen, indem man sich konzentriert. Aber die Konzentrations-Technik sieht bei dem einen so, bei dem andern anders aus. Mancher legt bloß die Füße auf den Schreibtisch und blickt aus dem Fenster oder auf die Blümchentapete.

So auch ich.

Dann komme ich mir manchmal wie ein Laubfrosch vor, der nahezu unbeweglich auf einem Stein sitzt und auf eine Fliege lauert . . . und – schwupp! – losspringt und sie schnappt, wenn sich eine in erreichbarer Nähe niederläßt.

«Ideen-Fangen» hat Charlottchen das genannt, als sie mich mal dabei beobachtet hat. Sie hat gelacht, weil das so komisch anzusehen gewesen sei: mit leerem Gesicht und dösigen Augen hätte ich dagesessen, hat sie erzählt, und an meinem Kugelschreiber geknaupelt – und plötzlich sei ich wie gestochen zusammengezuckt und hätte angefangen, auf der Schreibmaschine zu hämmern . . . ganz schnell, als ob ich Angst gehabt hätte, mir liefe was davon.

Das war sicher ein ganz richtiger Eindruck, denn so eine Idee muß auf der Stelle festgehalten werden, sonst kann sie davonfliegen wie die Fliege, die der Laubfrosch nur an einem Bein erwischt hat.

Und was soll der Autor mit einem Fliegenbein? – Daraus machen zwar einige ganze Fünfhundert-Seiten-Romane, aber das merkt man dann auch.

Doch zurück von den Fliegenbeinen und Träumen zu meiner Arbeit in Olders!

Ich dachte an dies und das, vergegenwärtigte mir den Bauunternehmer Arno Kutsch, entdeckte betroffen, daß sich vor das Bild des untersetzten, specknackigen Bürgers im Kamelhaarmantel immer wieder die Erinnerung an den zackigen Sanitäts-Hauptfeldwebel schob, daß in dieser Assoziationskette plötzlich vergessen geglaubte kleine Szene auftauchten, manche nur bruchstückhaft, wie Teile eines Puzzles, Gesten, Bewegungen ohne Zusammenhang . . . andere jedoch ganz deutlich und klar bis hin zur überraschenden Erinnerung an Geräusche, Farben und Gerüche.

Da tauchte beispielsweise die Episode mit der Zigeunerin auf, eine kleine, gar nicht mal sonderlich dramatische Begebenheit, die aber nun, im nachhinein, gut drei Dutzend Jahre später, plötzlich an Gewicht gewann, und deren jetzt fast mystische Bedeutung mich erregte.

Auf dem staubigen Platz mit den staubigen Linden in Sumy, in dessen Mitte der leere Denkmalssockel stand, war mittwochs und sonnabends Markt.

Früher, hatte Tanja erzählt, war dort jeden Tag Markt gewesen, und zwar richtiger großer bunter Markt mit Buden, Obst- und Gemüseständen, Blumenfrauen, Hühnern, Enten, Gänsen und mitunter auch Ziegen, Kühen und den kleinen, struppigen Panjepferdchen, die so mickrig aussahen und so außerordentlich zäh und tüchtig waren.

Es hatte auch allerlei fahrendes Volk gegeben, berichtete Tanja zu meinem Erstaunen, denn ich war der Meinung gewesen, daß Schwertschlucker, Feuerfresser, Seiltänzer oder gar Kartenlegerinnen und «weise Frauen», die Salben und Tees und Pflästerchen anboten, und alle solche Gestalten im sozialistischen Rußland keinen Platz mehr hätten.

Das war ein Irrtum gewesen, wie mich Tanja belehrte.

Nach dem deutschen Überfall hatte es ein paar Monate lang keinen Markt in Sumy gegeben, doch dann war das von der neuen Verwaltung wieder erlaubt und auch gleich ordentlich reglementiert worden.

Mittwochs und sonnabends durfte, wie gesagt, dieses und jenes angeboten und verkauft werden. Es gab selbstverständlich gleich für Art und Menge der Artikel und Waren eine Liste, und es gab natürlich Bescheinigungen und Stempel und eine Dienststelle, ein Amt, das diese Bescheinigungen ausstellte und stempelte, und es gab Kontrolleure, die nicht nur die Bescheinigungen und Stempel, sondern auch die Einhaltung der Marktzeiten prüften ... und so weiter, und so weiter.

Das funktionierte perfekt, und der Reiz des früheren bunten Marktes war dahin ... «wie frühe Blüten bei spätem Frost», sagte Tanja, die solche Bilder liebte.

Abgesehen vom verlorenen Reiz der Buntheit und Zufälligkeit – es war sowieso nur noch ein matter Abklatsch, was da vor sich ging, denn es gab ja kaum noch was anzubieten und zu verkaufen: Obst und Gemüse nicht, Hühner, Enten und Gänse nicht, Ziegen, Kühe und Panjepferdchen schon gar nicht.

Da sammelte sich eine kleine Schar alter Frauen, die Samen, Sonnenblumenkerne, Holzpantoffeln oder irgendwelches Gerümpel und alte Mützen, Kleider, Schuhe feilboten. Sie saßen an der Straßenseite des Platzes auf kleinen Kisten oder Stühlen, die Melkschemeln ähnelten, saßen stundenlang vor ihrer kläglichen oder schäbigen Ware, selber *semetschki* – Sonnenblumenkerne – kauend und spuckend, und warteten auf Kundschaft.

Es gab als zwangsläufige Folge der «Großen Zeit» keine Gaukler und Musikanten mehr, nur eine steinalte Zigeunerin kam manchmal, kauerte sich an dem Denkmalssokkel, bot staubige Strohblumen an, wofür sie wahrscheinlich Erlaubnisschein und Stempel besaß, und las Handlinien, wenn man ihr ein paar Zigaretten gab.

Ich hatte mir auch schon von ihr die Zukunft deuten lassen und erinnerte mich jetzt, da mir das wieder einfiel, mit einemmal genau der seltsamen, aus Jux und Betroffenheit gemischten Gefühle, die ich dabei gehabt hatte.

Das von unzähligen Runzeln gefurchte dunkelbraune Gesicht der Alten, die kleinen schwarzen Augen hinter den schweren Lidern, schläfrig, aber plötzlich aufblitzend, wenn sie einen ansah, die schmale lange Hakennase mit der behaarten Warze auf dem Nasenflügel, der zerklüftete, schlaffe Mund mit der Zigarette im Mundwinkel, die sie auch beim Sprechen nicht aus den Lippen ließ, was ihre ohnehin schwer verständliche, kratzig-flüsternde Nuschelei noch schwerer verständlich machte ... Und die hagere, vogelklauenähnliche Hand, die mein Handgelenk hielt, eine harthäutige, kühle und doch zarte Hand mit schmutzigen Nägeln an den feingliedrigen Fingern und dicken dunklen Venen unter der ledrigen Haut des Handrückens.

Dazu dieses raunende Gerede: «Du ... *jachaitschu* ... oh ... vielen Jahr leben serr lange! *Wojna* kaputt – Du Frau heiraten – *tschortaja gospodina* – schwarzhaare Frau in Njemetzki-Deutschland ... Aber kein lange Ljubo ... Liebe, du verstehen? Heiraten *twa* ... ah ... zweiter Frau und haben auch Kinderrrn ... *adin* – *twa* ... *tre* ... Ja, drei Kindern serr gut! Einer Mädchen und zwei Sohn ...»

Dann machte sie eine Pause, spuckte den Zigarettenstummel in den Sand, drückte ihn aus und schob die Kippe in die Tasche ihres weiten schwarzen Rocks, der übersät war mit den Schalen der Sonnenblumenkerne, mit Asche und mit Flecken in vielen Farben.

Ich bot ihr eine neue Zigarette an. Sie nickte, brummelte: «*Spassibo* – danke, Gospodin Soldat!», machte einen so tiefen Lungenzug, nachdem ich ihr Feuer gegeben hatte, daß ich dachte, der Rauch müsse ihr gleich aus Augen und Ohren quellen, nahm mit der zweiten Klauenhand meine Linke, bewegte meinen Daumen und die Finger, so daß die Handlinien tiefer und deutlicher wurden, kniff die verkniffenen Augen vollends zu, brabbelte irgendwas gänzlich Unverständliches, kicherte dann leise, was wie sanftes Entengeschnatter im Regen klang, und fragte, indem sie mich anblitzte: «Du Artist? *Schiwopiesjez*?»

«Ja», nickte ich, denn ich wußte, daß *schiwopiesjez* Künstler, Maler hieß.

«Ah!» fuhr sie fort – wieder mit Blick in meine Hand. «Du große Artist ... berühmte ... *no* ... *njet* berühmte *schiwopiesjez* ... aber berühmte Artist mit Kopf und deine Hand! *J'asnaiju* ... Ich wissen nicht ... aber bestimmt du berühmt und viel Rubel und Haus und alles sehr gut, wenn *wojna* ... Krieg ... vorbei! Nächster Zeiten du Angst und – ah, *sarasa*! – Ärger mit *tschortu*, Teufel, Mann ... aber geht gutt vorüber ... *idi!*»

Damit war sie fertig und ließ meine Hand fallen.

Ich schüttelte das ganz kleine, kühle Betroffenheitskribbeln ab, das mir den Rücken hinuntergelaufen war, gab ihr die angebrochene Schachtel Zigaretten und ein paar Münzen und bedankte mich. Sie spuckte auf die Münzen, barg sie in ihrer Rocktasche und zündete sich am Rest der einen Zigarette die nächste an.

Ja, so hatte sich das abgespielt.

Das war an einem Mittwochnachmittag gewesen, wenn ich mich recht erinnerte, und ich hatte Tanja davon erzählt, als ich sie am Abend traf.

Kurz darauf – wir saßen mit Onkel Stepan in seinem Mansardenzimmer, tranken Tee und hörten Platten –, berichtete Tanja von einem Vorfall, der sich am selben Tag auf dem Markt abgespielt habe. Sie hatte es nicht selber erlebt, aber die Szene war von mehreren glaubwürdigen Leuten beschrieben worden.

Der Sanitäts-Hauptfeldwebel Kutsch hatte sich von Matka Mirjam – so wurde die alte Zigeunerin genannt – aus der Hand lesen lassen.

Die Alte hatte Kutschs Hand angesehen, die linke Hand, an der er einen silbernen Ring in Schlangenform trug. Das Auge der Schlange war ein Granat und glitzerte dunkel, wenn Kutsch die Hand bewegte. Das faltenreiche Gesicht der alten Zigeunerin hatte sich tief über die Handlinien gebeugt, und sie hatte lange darauf geschaut, ohne etwas zu sagen.

Kutsch war schon nervös geworden, weil es so lange dauerte. Er hatte mit verlegenem, schiefem Lächeln die Leute angeguckt, die neugierig zusahen, ohne eine Miene zu verziehen. Es standen mehr Leute als sonst um die Gruppe herum, weil es nicht häufig vorkam, daß ein Unteroffizier der Besatzungs- – äh – Befreiungsarmee sich so öffentlich auf dem Markt zu einer so zwiespältigen Sache wie Handlinienlesen herabließ.

Kutsch schien das auch schon zu bereuen. Seine Nervosität wurde immer deutlicher. Er klopfte mit den grauen Wildlederhandschuhen, die er in der Rechten trug, gegen seinen Oberschenkel, und seine Backenmuskeln waren in Bewegung, als ob er auf irgendwas kaue.

Schließlich hatte Matka Mirjam den Kopf wieder gehoben und Kutsch aus ihren schwarzen Augen angeblitzt und nuschelnd gesagt: «Du gesund in Krieg. Alles *karoscho* . . . aber *uwaha*! Vorsicht nach *wojna*! Du müssen sehen Gefahr für Leben! Hier in Hand ist geschrieben: Du Gefahr von Feindmann anderes! Er dich wollen *saprali . . . moi bosche kochrani!* . . . Machen tot!»

Kutsch hatte mit gequältem Lachen gefragt: «So? Was du nicht sagst, Großmutter! Und warum will mich da einer totmachen, was? Warum?»

Die Alte hatte gezögert und mit gehobenen Schultern gezuckt und den Kopf geschüttelt.

Kutsch war sauer geworden. Er hatte seine Hand aus ihren mageren Fingern gezogen und begonnen, sie zu beschimpfen: «Du redest Quatsch, alte Hexe! Dummes Zeug! Idiotisches Geschwätz! ‹. . . machen tot . . .!› So was Blödes! Einsperren sollte man dich!»

Da hatte sich die uralte Matka Mirjam aufgerichtet, so gut sie konnte, hatte ihren krummen Rücken gerade gebogen und den Schimpfenden zehn Sekunden angeschaut, böse, wie eine gereizte Natter angeschaut – so hatte es Tanjas Bekannter beobachtet –, und dann hatte sie ausgespuckt. Nicht direkt vor Kutschs Füße in den feinen russischen Lederstiefeln, sondern ein bißchen seitlich davon in den Staub hatte sie gespuckt und hatte laut und vernehmlich *«Sarasa!»* gesagt.

Sarasa, das heißt Seuche, war damals eines der beliebtesten Schimpfworte für die Deutschen, und Kutsch kannte es.

Da hatte er durchgedreht und der alten Frau seine Handschuhe ins Gesicht geschlagen, dreimal links und rechts, mitten ins Gesicht. Darauf hatte er kehrtgemacht und war durch die Umstehenden, die sofort beiseite traten, davongelaufen.

Einige der alten Leute hatten sich bekreuzigt.

Keiner hatte gelacht . . .

9

Ich saß noch immer vor der Reiseschreibmaschine im Zimmer 3 des Hotel Stadt Hamburg in Olders, hatte noch immer die Füße auf dem Hotelzimmerschreibtisch und noch immer kein Wort außer Namen und Titelzeile auf dem weißen Papier.

Vielleicht, dachte ich, kann man mit soviel Haß im Herzen (– im Herzen? Im Kopf . . . oder?) überhaupt niemanden beschreiben, auch den negativen Helden, den Miesling nicht.

Eine Geschichte ist kein Kasperletheaterstück und sollte sich auch vom Kindermärchen dadurch unterscheiden, daß eben schwarz nicht ausschließlich und uneingeschränkt schwarz und weiß nicht einfach nur weiß ist.

Vielleicht, grübelte ich weiter, ist ja der Kutsch in Wahrheit eine sensible Frohnatur! Möglicherweise hebt er ununterbrochen aus dem Nest gefallene kleine Vögelchen auf und päppelt sie groß, liebt die Kinder, leidet darunter, daß er keine hat, ist ein einfühlsamer, zärtlicher Ehegatte, schätzt Schubert-Lieder über alles und kann Rilkes *Duineser Elegien* auswendig!

Man kann sich im Menschen täuschen! Aber einem Schriftsteller sollte der Fehler nicht unterlaufen . . .

Und da fiel mir ein erster Satz ein.

Ich nahm die Füße vom Hotelzimmerschreibtisch, verzog das Gesicht, weil sie eingeschlafen waren, setzte mich auf dem kopfkissengepolsterten Stuhl zurecht und tippte: «Nach gründlicher, gewissenhafter und langwieriger Beobachtung seines zukünftigen Opfers war es Rolf Kuniss klar, daß er sich nicht täuschte: Meinecke mußte sterben, weil er ein Lump, ach was, Lump – eine Bestie war . . .»

Gut. Ich hob die Hand, um weiterzuschreiben, da klingelte das Telefon.

Charlotte.

«Tag, Rumtreiber!» sagte sie.

«Tag, Rumtreiberin!» gab ich zurück.

«Ich war bei Tante Adele zum Kaffee eingeladen», sagte sie. «Und du kennst Tante Adeles Kaffeeeinladungen. Unter drei Stunden Familiengeschichten kommt keiner davon. Aber wo bist du heute vormittag gewesen, wie? Ich habe dreimal . . .»

«In der Kirche», sagte ich.

«Hilfe!» rief sie. «Was wolltest du denn da? Krimirecherchen? *Der Schuß von der Kanzel* ist doch schon geschrieben. Gute Geschichte. Kennst du sie?»

«Nein», gab ich zu.

«Conrad Ferdinand Meyer», sagte sie stolz.

«Donnerwetter!» sagte ich echt hochachtungsvoll. «Schön, so 'ne gebildete Frau!»

Ich war froh, daß unser Gespräch auf dem Flachsweg lief. Das ersparte es mir, mögliche genauere Fragen nach dem Ablauf der vergangenen Zeit mit Erfindungen zu beantworten. Man soll auch seine Phantasie nicht überstrapazieren.

Wir plauderten also noch ein bißchen, flachsten, frotzelten, tauschten – durchaus ernst gemeinte – Nettigkeiten aus, versicherten uns unserer Zuneigung und wünschten uns schließlich gute Nacht.

Es ging auf zehn, als ich den Hörer auflegte.

Mir war sehr nach einem Bier zumute.

Ich widerstand diesem Drang drei Minuten, dann zog ich mein Jackett an und ging hinunter.

Am liebsten hätte ich mich an die Theke gestellt – aber das war in dem gutbürgerlichen Restaurant weder statthaft noch üblich. Deshalb mußte ich Platz nehmen, es war Platz genug an diesem Sonntagabend, um mein Bier gesittet am Tisch zu trinken. Es schmeckte sehr gut, wie schon am Abend zuvor, doch ich trank nur eins, zahlte und verließ die Sonntagabendbürgerlokalleere.

Auf dem Empfangstresen in der kleinen Hotelhalle lag

ein schmales Telefonbuch. Ich nickte dem müden Mann zu, der hinter dem Tresen saß, und folgte der unbestimmten Laune, im Telefonbuch Kutschs Adresse zu suchen. Ich fand sie schnell, unter der Firmenanschrift mit drei Rufnummern in halbfetter Schrift stand: Arno Kutsch, priv. Rosenweg 11.

«Könnten Sie mir bitte sagen, wo der Rosenweg ist?» fragte ich den müden Nachtportier.

«Das ist ein Villenviertel drunten am Fluß», sagte er. «Rosen-, Tulpen-, Hyazinthenweg und so. Feine Gegend!»

«Weit von hier?» wollte ich wissen.

«Gute Viertelstunde zu Fuß, wenn Sie zügig gehen. Soll ich Ihnen ein Taxi rufen?» fragte er beflissen.

Ich verneinte, ließ mir die Richtung sagen, bedankte mich, holte mir Mütze und Mantel aus dem Zimmer und merkte erst, als ich draußen in Dunkel und Wind schon ein paar hundert Meter gelaufen war, daß ich vor der Arbeit ausriß.

Denn was wollte ich am späten Abend bei Kutschs Villa? Brachte es mich weiter, wenn ich wußte, daß er eine schmiedeeiserne Pforte mit kupfernen Initialen hatte und ein Walmdach und Wolkenstores an den Fenstern und ein Schild «Vorsicht, bissiger Hund!»?

Nun war ich aber schon mal unterwegs. So ein Abendspaziergang soll ja gesund sein – und warum sollte ich neben der Pflege meiner Gesundheit nicht auch noch etwas zur Befriedigung meiner Neugier tun?

Kutschs Villa war weder mit einer schmiedeeisernen, kupferinitialgeschmückten Pforte zur Straße hin abgeriegelt noch hatte sie ein Walmdach. Ich konnte keine Wolkenstores entdecken und auch kein Schild «Bissiger Hund!».

Das ziemlich große Haus am Ende des Rosenwegs, der an parkartigen Grünanlagen entlangführte – das Haus war von einem Architekten entworfen worden, der mal was vom Dessauer Bauhaus und von den nach Amerika emigrierten Genies läuten gehört hatte, von Gropius und Mies van der Rohe . . . und wie die alle hießen. Und da bei diesem Wohnhaus Geld eine kleine, die Profilneurose des Bauherrn ebenso wie die des Baukünstlers eine große Rolle gespielt hatte, war ein geometrisch-kubisches Beton-Glas-Stahl-Monster entstanden, das durch diverse riesige Findlinge, durch Baumstämme und grasbewachsene künstliche Hügelchen «in die Landschaft integriert» erscheinen sollte und dadurch aussah wie ein für Rampenlicht geschminktes Fotomodell zwischen Marktfrauen vormittags bei Sonnenschein.

Wahrscheinlich hatte das Bauwerk auch ähnliches Aufsehen, Befremden und Kichern hervorgerufen.

Links und rechts standen die typischen Prokuristen- und Rechtsanwalts-, Zahnarzt- und Großhändler-Quartiere, denen man von außen schon die Bäuche der Besitzer ansieht, die darin wohnen, deren Drei-laufende-Meter-Bibliotheken bei Goethe (in Halbleder) beginnen und beim gestrigen Bestseller (in Leinen) – ersteres nicht, das zweite nur diagonal gelesen – enden.

Ich wunderte mich, daß die städtische Baubehörde bei Kutschs Kubus mitgespielt hatte, vielleicht war der Architekt ein Professor aus Wien, vielleicht hatte die Bauzeichnung nicht erkennen lassen, daß der Klotz keineswegs zwischen die Honoratiorenhäuser paßte. Ich wunderte mich aber am meisten, daß Kutsch sich so was ausgesucht hatte und sogar da hinein gezogen war . . .

Ich gestehe, daß mich das Haus fast enttäuschte oder richtiger: irritierte, weil ich doch, wie gesagt, etwas Neureich-Protziges zu finden erwartet hatte. Es konnte allerdings auch sein, daß die Frau – das Nagetier im Chinchilla – neben ihrem vielen Geld so was Schreckliches wie künstlerische Ambitionen mit in die Ehe gebracht hatte, Werke abstrakter Maler und Graphiker sammelte und – Gott soll schützen – auch selber malte oder modellierte.

Unter Umständen hatte sie sogar eines der berühmten Werke des Berliner Bildermachers Meier (mit ei) über dem Ehebett: *Stürzendes Schwarz 63* oder *Emphatischer Klang* oder so was.

Ich würde auch dieses Kutsch gegönnt haben.

Das Haus war dunkel. Vielleicht schliefen die Eheleute schon oder sie waren unterwegs ... egal ... Ich kehrte um, begegnete auf dem Rückweg nur einem alten Mann mit einem humpelnden Hund, einem Liebespaar und einem Radfahrer, dessen Dynamo laut schnarrte.

Halb zwölf war ich im Hotel. Der Kellner-Neffe schloß gerade die Restauranttür. Er sah mich fragend an. Ich sagte: «Gute Nacht!» und ging in mein Zimmer.

Auf dem Bogen in der Schreibmaschine las ich meinen ersten Satz.

Ein guter erster Satz. Ich warf Mütze und Mantel aufs Bett, setzte mich wieder auf den kopfkissengepolsterten Stuhl und schrieb weiter:

«Es gab keinen anderen Weg für Kuniss als den, Meinecke selbst zu töten. Eine Anzeige wäre sinnlos gewesen, denn Kuniss hatte keine Beweise für Meineckes Verbrechen – und ein großer Teil der Verbrechen Meineckes galten in dieser Gesellschaft, in der beide – Kuniss und Meinecke – lebten, nicht als – wie heißt das? – ‹justitiabel› ... also nicht als Verbrechen. Verführung wurde nicht bestraft, wenn die Verführte über sechzehn Jahre alt war.

Meinecke hatte Kuniss' siebzehnjährige Tochter, die in seinem Betrieb als Lehrling arbeitete, nach einem Betriebsausflug im Auto mitgenommen, hatte ihr was von ‹großer Liebe› erzählt und sie – nach ein paar Gläsern Sekt – in seiner Wohnung verführt.

Das Mädchen hatte sich noch in der gleichen Nacht, als es wieder zur Besinnung gekommen war, das Leben zu nehmen versucht und war von einer Brücke gesprungen. Seither saß es gelähmt im Rollstuhl. Kuniss hatte Meinecke angezeigt. Meinecke war freigesprochen worden, weil er vor Gericht behauptet hatte, das Mädchen habe sich ihm angeboten. Sein Verteidiger war ein berühmter

Anwalt. Es waren auf einmal Zeugen – Leute aus Meineckes Betrieb – aufgetaucht, die aussagten, daß Hilde Kuniss dem Chef auf dem Fest deutliche Avancen gemacht habe. Und damit stand Meinecke plötzlich als der Verführte da – obschon alle, die ihn kannten, wußten, was für ein Schwein er war.

Kuniss hatte täglich das Elend seiner Tochter vor Augen, an dem Meinecke schuld war – und er haßte den Verführer der Tochter mit einer solchen Inbrunst, daß . . .»

An dieser Stelle klingelte abermals mein Telefon.

«Ja?» sagte ich ärgerlich in die Sprechmuschel.

«Entschuldigen Sie bitte, Herr Doktor!» sagte die heisere Stimme des müden Nachtportiers mir ins Ohr. «Da ist eine Dame im Zimmer neben Ihnen. Die kann nicht schlafen, weil Sie Schreibmaschine schreiben, sagt sie. Ob Sie wohl bitte damit aufhören möchten . . .?»

«Okay», sagte ich.

Was hätte ich anderes sagen sollen?

«Danke schön!» ächzte der Alte. «Gute Nacht!»

«Gute Nacht!» sagte ich und legte auf.

Eine Dame im Zimmer nebenan! Das bedeutete, daß es vollkommen ausgeschlossen war, weiterzuschreiben. Sie würde sofort wieder den Nachtportier alarmieren.

Wenn ich nur auf irgendeine Weise das Geklapper der Maschine dämpfen könnte . . . aber wie? Schließlich konnte ich mich nicht damit in den Kleiderschrank setzen oder unter die Bettdecke kriechen, zum Teufel!

Ich stand auf und lief zwischen Flurtür und Fenster hin und her. Ich lief, so leise ich konnte. Wenn ich wenigstens müde gewesen wäre – aber nach einem so langen Nachmittagsschlaf war ans Insbettgehen gar nicht zu denken. Zum Lesen hatte ich keine Lust. Ich wollte meine Geschichte schreiben und nicht anderer Leute Geschichten lesen, verdammt noch mal!

Erst nach mehreren Zimmerdurchquerungen kam ich auf den Gedanken, mit der Hand weiterzuschreiben. Das

Kratzen meines Kugelschreibers würde den Schlaf der Dame nebenan sicher nicht stören.

Ich packte die Maschine zur Seite, nahm einen Stoß Blätter und setzte mich erneut zurecht.

«... und er haßte den Verführer seiner Tochter mit einer solchen Inbrunst, daß ...» hieß mein letzter Satz. «... mit einer solchen Inbrunst, daß er Magenschmerzen bekam, wenn er nur an Meinecke dachte ...» schrieb ich weiter.

Es war ungewohnt für mich, mit der Hand zu schreiben. Ich hatte seit Jahren nichts mit der Hand geschrieben, außer mal meinen Namen und irgendwas oder irgendwelche Notizen auf einen Zettel.

Aber es ging ganz gut. Ich fand es sogar richtig aufregend, wie die Buchstaben, Worte, Sätze und Zeilen aus der kleinen Spitze, von meinen Fingern bewegt, aufs Papier flossen. Ich schrieb bis kurz nach drei in dieser Nacht. Dann ging ich ins Bett, weil mir die Hand weh tat und die Augen zu brennen begannen.

Am nächsten Morgen – Montag – wurde ich von allein, also ohne Wecker oder Telefon, gegen neun Uhr wach. Auf dem Hof unter meinem Hotelzimmerfenster sang eine Mädchenstimme das wunderschöne Lied von den drei Lilien, aufs Grab gepflanzt, die der stolze Reiter abbricht.

«Ach Reitersmann, ach Reitersmann, laß doch die Lilien stehn ...» sang das Mädchen, mit mehr Gefühl als Musikalität, «die soll ja mein Feinsliebchen noch einmal sehn ...»

Ich kletterte aus dem Bett, um mir die Sängerin anzusehen, von deren Grab der Reitersmann die Lilien abbricht, die eigentlich für das Feinsliebchen gedacht sind.

Die Sonne schien. Ich mußte blinzeln, als ich den Vorhang beiseite schob. Das Mädchen war überraschend hübsch, richtiger: niedlich. So eine kleine Mollige, Weißblonde, Rosafarbene mit vielen, harmonisch aufeinander abgestimmten Rundungen, vom leisen Doppelkinn über die grübchengeschmückten Hände und Arme bis zu den

Waden und allem, was sich dazwischen, von blauem Kattun stramm überspannt, reizvoll rundete.

Während sie mit einem groben Besen die Pflastersteine fegte, sang die Runde, Bunte weiter von dem stolzen Reiter, den das Grab nicht schert, mit Juchheirassassa und Vallerallala. «. . . und sterbe ich noch heute, so bin ich morgen tot», sang sie, «dann begraben mich die Leute ums Morgenrot . . . mit Juchheirassassassa . . .» und so weiter.

Ich stand und hörte und guckte und war nicht nur von der tiefen Logik des Liedes fasziniert, sondern auch von der unerwarteten Begegnung mit einem weiblichen Wesen jüngeren Datums, das keine Disco-Schnulze sang, sondern ein sicher mehr als hundert Jahre altes Volkslied – und davon sogar alle Strophen kannte.

Und noch etwas Drittes machte mich betroffen: Warum, zum Kuckuck, sang das Mädchen gerade dieses Lied vom stolzen Reitersmann ausgerechnet heute morgen, extra unter meinem Fenster?

Ich hatte von meiner Informantin Editha im *Aphrodite Club* neben allerlei anderem auch erfahren, daß Kutsch ein begeisterter Reiter war, daß er selbst mehrere Reitpferde besaß und jeden Tag, meist früh morgens, ausritt. Und ich hatte meinen Mord – verdammt, wie das klang! –, hatte die Tat – nein, das klang auch nicht viel besser –, hatte den Plan auf diesem Hobby des gehaßten Herrn aufgebaut.

Kutsch sollte einen typischen Reitertod sterben. Mit Sicherheit waren schon viele Kavalleristen vor ihm auf die gleiche Weise in die ewigen Jagdgründe eingegangen. Niemand würde das eigenartig oder besonders ungewöhnlich finden.

Ich hörte im Geiste schon die Predigt an seinem Grab: «. . . so ist denn dieser Tod beinahe symbolisch für diesen Menschen zu nennen . . . ein tragischer Unfall, gewiß . . . aber ein Unfall mitten in der Ausübung einer leidenschaftlich geliebten Beschäftigung ... ein Tod ohne die Not der Schmerzen, ohne die Qual der Angst ...» und so weiter.

Der Pastor würde naturgemäß auch keine Ahnung haben und nicht wissen, ob Kutsch nicht doch noch «die Qual der Angst» gespürt hatte, als ich mit der erhobenen Waffe – genug, ich kam schon wieder ins Spinnen.

«Was schert mich denn dein Grab ...» hatte das mollig-niedliche Mädchen gesungen.

Ich mußte mich beeilen. Am frühen Nachmittag sollte der Fotograf, den Timm angekündigt hatte, kommen. Bis dahin mußte ich meine Privatangelegenheiten erledigt haben. Also rasierte ich mich schnell, bat, ehe ich mich anzog, den Portier, mir einen Leihwagen für drei bis vier Stunden zu besorgen, ging hinunter ins Restaurant, frühstückte, von der Wirtin umsichtig versorgt und freundlich bedient, sehr gut und stieg eine halbe Stunde darauf in den «verleihgepflegten» Mittelklassewagen. Ein junger Mann brachte ihn, der sich ersichtlich alle Mühe gab, wie Jonny Travolta gekleidet zu sein und auch so auszusehen, was ihm – jedenfalls soweit es den einfältigen Gesichtsausdruck anbetraf – auch verblüffend gut gelang.

Ich setzte den norddeutschen Provinz-Travolta an der Verleihfirma ab, unterschrieb die üblichen Formulare und fuhr dann hinaus aus Olders, nach Südosten ... der Sonn' entgegen.

Da draußen sollten die Weiden sein, auf denen Kutsch seine Pferde hatte. Editha hatte nicht ganz genau gewußt, wo – aber den Namen des Dorfes hatte sie mir gesagt, bei dem linker Hand auf einer Waldwiese die schönen Tiere standen.

Sie hatte mir sogar erzählt, woher sie das wußte: Bei irgendeiner Gelegenheit war Kutschs Unterschrift unter ein Papier gebraucht worden, und man hatte sie mit einem der Fahrer hinausgeschickt.

«Der Kerl wollte noch zudringlich werden, als wir zurückfuhren», hatte sie mir empört berichtet. «Ich weiß gar nicht, was sich die Männer immer so denken. Als ob man bloß drauf wartet, daß sie einem in die Bluse langen . . .»

Ich hatte mir das Lachen verkneifen müssen, als sie das so moralisch entrüstet sagte. Denn die moralische Entrüstung paßte zu der Situation (um nicht ‹Lage› zu sagen), in der wir uns befanden, wie ein Gesangbuch zwischen die Bände einer Oscar Wilde-Ausgabe.

Meine Güte, ich hatte es neuerdings mit der Kirche, wie es schien – sogar meine Metaphern fingen an, Frömmigkeit zu atmen, zum Teufel! . . .

Es war wirklich ein wundervoller Maimorgen. Birkengrün und Saatengrün – kurzum, mit allem Zubehör inklusive Vogelgezwitscher und einem ersten Kohlweißling, der an meiner Windschutzscheibe starb.

Das Dorf hieß Lütgenbrode oder Lütjenbrook oder Lüttenborn oder sonst irgendwie mit Lüt . . . ich könnte jetzt nachsehen, um es genau zu sagen, aber es ist unerheblich. Als ich es nach zwanzig Minuten Autofahrt erreicht hatte, wurde mir klar, daß ich Kutschs Weide nicht finden würde, ohne zu fragen. Ich hatte das eigentlich unbedingt vermeiden wollen, damit nicht später ein findiger Kriminalbeamter mir nachweisen konnte, daß ich schon dort – am Tatort – gewesen war oder zumindest danach gefragt hatte. Ich hätte gern irgendwas zur Tarnung bei mir gehabt, einen Schnauzbart vielleicht oder eine Perücke, oder wenigstens eine Sonnenbrille . . . irgendwas, mit dem ich mich hätte unkenntlich machen können. Doch ich hatte nichts und fand das auch albern. In keinem meiner Kriminalromane war jemals jemand in die Verlegenheit gekommen, sich einen Bart ankleben oder rote Haare überstülpen oder so was Hinrissiges wie braune Haftschalen vor die blauen Pupillen klemmen zu müssen.

In der Mitte des Dorfes Lütgenbroode oder sonstwie Lü . . . sah ich im ganz langsamen Vorbeifahren eine Schmiede. Das war noch eine richtige Dorfschmiede mit Amboß und Kohlenglut und Blasebalg. Es stand zwar ein halb auseinandergenommenes Motorrad vor dem Tor, wo eigentlich ein Pferd hingehört hätte – aber sonst sah die Schmiede genauso aus, wie sie auf alten Bildern alle aussehen.

Ich war sicher, daß der mit Rußtupfen gefleckte Mann, der an dem Motorrad herumpusselte, mir würde sagen können, wo in der Nähe Pferde, Reitpferde, edle Reitpferde stünden. Es war aber wirklich zu leichtsinnig, anzuhalten, auszusteigen und ihn zu fragen. Ich schnappte noch – eher zufällig als absichtlich – den Namen auf, der über dem Tor an die Wand gemalt war.

Otto Raatz hieß der Schmied. Zum Glück gab es zweihundert Meter weiter, vor der kleinen Post, eine Telefonzelle. Ich stoppte den Wagen direkt davor, stieg aus und ging in die Zelle. In dem dicken, zerfledderten Telefonbuch mußte ich erst den Namen des Dorfes suchen, fand ihn, lernte, daß die hiesigen Anschlüsse unter einem anderen Ortsnamen zu finden waren, fand endlich «Otto Raatz, Hufbeschlag und Wagenbau» und rief dort an. Wenn ich den Kopf aus der Telefonzelle gesteckt hätte, würde ich sicher gesehen haben, wie der rußige Mann an den Apparat ging.

«Raatz», meldete er sich heiser.

Ich sagte irgendeinen Namen, log ihm vor, daß ich im vorigen Dorf sei und bat ihn, mir zu sagen, wo ich in der Nähe eine größere Weide finden könne, auf der auch ein Hengst stünde, ein Araber, wie ich gehört hätte.

«Einen Araber gibt's hier nicht», sagte der Schmied. «Wir haben überhaupt nur zwei Hengste in der Gegend. Das eine ist ein Hannoveraner, der steht aber nicht auf der Weide, soviel ich weiß, der steht im Stall und gehört Priebel aus Sommerbach . . .»

«Und der andere?» fragte ich.

«Das ist ein Vollblut», erwiderte der Schmied. «Der gehört Kutsch . . . äh, Herrn Kutsch. Ein Verrückter! Ich meine, der Hengst! Der steht draußen auf der Waldwiese . . .»

Und dann beschrieb er mir, wie ich dorthin kommen könnte, als ich darum bat.

Na also, dachte ich, bedankte mich, legte auf, fuhr der Wegbeschreibung nach und stand zehn Minuten später vor einem Gatter, das eine sehr schöne, windgeschützte, saftige Weide umschloß.

Ich parkte mein Mietauto in einer Schneise hundert Schritte weiter weg, lief zurück und stellte mich an das massive Gattertor. Auf der Weide standen vier Pferde. Eine Fuchsstute mit Fohlen, eine zweite falbe Stute und der Hengst, von dem Otto Raatz gesagt hatte, daß er verrückt sei.

Gegenüber am Waldrand, an der anderen Seite der Wiese, war ein großer Offenstall.

Ich sah mich ein bißchen um. Es war schön einsam hier. Still und einsam. Eine ideale Stelle. Als ich mich so umschaute, sah ich links hinter dem Gattertor im kurzen Gras etwas Rötliches liegen. Das sah aus wie ein Hufeisen.

Ich kletterte oben auf den Querbalken des Gattertores.

Es war ein Hufeisen.

Ich stieg schnell hinunter, nachdem ich vorher vorsichtig nach beiden Seiten den Waldweg entlang geguckt hatte, lief die sechs oder acht oder zehn Schritte bis zu dem Hufeisen, hob es auf und wickelte es in mein Taschentuch, um mir die Jackentasche nicht voll Rostflecken zu machen.

Ich hörte das Donnern der Pferdehufe wirklich im letzten Moment, rannte, sprang auf das Tor zu und war gerade mit Schwung darüber, da kam der Hengst schnaubend angetobt und blitzte mich aus rollenden Augen an.

«Hallo!» sagte ich schwer atmend. «Hallo, alter Junge! Mein Komplice, sozusagen! Aber das weißt du noch nicht. Vielleicht wirst du's auch nie wissen . . . Verrückter, Schöner!»

Er war wirklich unglaublich schön. Die Sonne spielte in seinem schwarzbraunen Fell, seine Nüstern vibrierten.

Der kleine Kopf saß auf einer edel geformten Halslinie. Er stampfte mit den Vorderhufen und wieherte plötzlich in einem Ton los, als bliese er eine der kleinen silbernen Bachtrompeten.

Ich versagte mir weitere Bewunderungen, ging zum Auto, rangierte es aus der Schneise, stellte fest, ob ich Radspuren hinterlassen hatte, was jedoch auf dem dicken Kiefernnadelteppich unwahrscheinlich war – und fuhr zurück nach Olders.

Das Hufeisen beulte meine Jackettasche aus, aber ich war sehr froh, daß ich es hatte. Etwas Besseres hätte ich gar nicht finden können.

Ich konnte es außerordentlich gut gebrauchen . . .

10

Vom Hotel aus rief ich die Redaktion an und sagte Timm Bescheid, daß ich in Olders sei und wo ich wohnte.

«Wie ist das dort?» fragte er. «Sturm im Wasserglas?»

«Nein, nichts», sagte ich. «Die Geschichte wird hier mit dem Mantel kleinstädtischer Nachbarliebe zugedeckt. Das Lokalblatt hat bisher nicht eine Zeile darüber gebracht, wie ich hörte. Es kann durchaus sein, daß die Dummköpfe ihre Dummheit noch zeitig genug einsehen – oder daß ihre Anwälte ihnen das klarmachen – und daß sie ihre Klage zurückziehen. Aber ich möchte mich nicht verbürgen. Würdest du denn auch ohne Prozeß und Gerichtsreportage an der Story interessiert sein?»

«Wenn du sie in den Griff kriegst, immer!» sagte Timm. «Mußt du mal sehen. Ich schick auf alle Fälle jemanden zum Fotografieren hin. Wahrscheinlich kommt Mike, den kennst du ja. Wie heißt dein Hotel?»

«*Stadt Hamburg*», sagte ich. «Erstes Haus am Platze. Gutes Essen und dito Bier. Und ein weißblondes, molliges Hausmädchen, das wunderschöne Küchenlieder singt.»

«Dann hast du ja alles, was das Herz begehrt», sagte Timm. «Nun schreib mal schön! Mike wird sich so gegen fünf oder sechs heute nachmittag bei dir melden.»

«Okay», erwiderte ich. «Zimmer laß ich reservieren. Es ist nicht voll hier.»

«Gut. Danke! Servus!» sagte Timm.

«Tschüß!» rief ich zurück.

Da ich den Leihwagen nicht mehr brauchte, brachte ich ihn zurück, schlenderte noch eine halbe Stunde durch das Städtchen, kaufte mir am Bahnhof zwei Tageszeitungen – eine hiesige und eine der zwei großen, die sie hatten –, besorgte eine schöne große Bonbonniere und ein Buch mit

Gedichten für Dorothea, kaufte zwei gute Flaschen Rotspon für den Vater meiner Gastgeberin und wanderte beladen wieder zurück zur *Stadt Hamburg*, wo es inzwischen so gut nach Mittagessen roch, daß ich nur meine Beute aufs Zimmer schaffte und dann sofort den Essensgerüchen nachlief und mich an den kleinen Stammtisch im Restaurant setzte. Es war erst kurz nach zwölf. Ich war der erste Gast.

Der Kellner-Neffe sah noch ganz frisch aus, als er zu mir trat, wieder viel zu laut: «Guten Tag, Herr Doktor!» sagte und nach meinen Wünschen fragte.

Ich wußte, daß im Clubzimmer links hinter dem Speiseraum irgendeine Sitzung oder Tagung irgendeiner Männervereinigung, -organisation, -interessengruppe stattfand. Entweder waren es die Immobilienhändler aus der Gegend, die sich sonst zwar spinnefeind waren, aber jetzt beisammen saßen, weil die städtischen Behörden eine Wohnungsvermittlung einzurichten planten, wogegen sich die Einzelgänger im Rudel wehren wollten . . . oder es waren die Notare, die Drogisten, die Spediteure oder sonst wer, die ein bißchen am Rande der Legalität Preise absprechen wollten . . . was weiß ich!

Wer da tagte, war mir auch piepegal, ich fand es nur deshalb interessant, weil damit gewährleistet war, daß schon seit geraumer Zeit das Bier lief und ich somit unbesorgt eines bestellen konnte. Ich bestellte also ein großes Pilsner und – in Anbetracht des bevorstehenden Rohkost-Festmahls am Abend – ein Filetsteak mit Kräuterbutter, Prinzeßbohnen und Kartoffelbällchen.

Es war eine gute Wahl, denn das Filetsteak war so wundervoll, wie ich lange keins gegessen hatte. Ich aß mit Lust und trank mit Behagen und sah aus dem Fenster des Restaurants auf die sonnenbeschienene Straße der kleinen Stadt, auf der Schülerinnen und Schüler flanierten, Hausfrauen Plastiktüten und Körbe schleppten, etablierte Bürger und Beamte ihre Bäuche, Bedenken und Bonhomien spazieren führten.

Die Straße glich einer Bühne, und ich malte mir, während ich den ahnungslosen Akteuren zusah, ihre Hintergründe und Lebensläufe aus.

Ich stellte mir die Eltern und Lehrer der Mädchen und Jungen vor, beneidete und bedauerte sie zugleich um ihre Unerfahrenheit. Ich machte mir ein Bild von den Ehemännern der einkaufenden Hausfrauen und von den Ehefrauen der gewichtig einherschreitenden und bedeutend blickenden Männer, entdeckte Dutzende Dramen und Komödien und unterhielt mich königlich.

Ein Fensterplatz an einer bevölkerten Straße und eine ausreichende Portion Phantasie – da kann man auf Kino, Fernsehen und andere Unterhaltung gut verzichten.

Vor lauter Zugucken und Spinnen hatte ich mein Dessert gegessen, was ich sonst nie esse – und wenn mich jetzt jemand gefragt haben würde, was es für ein Dessert war, ich hätte es nicht gewußt.

Das irritierte, ja, es erschreckte mich so, daß ich den leeren Dessertlöffel noch mal in den Mund steckte und ableckte. Es war wohl ein Pudding mit Karamelsoße oder so was gewesen . . .

Ich winkte dem Kellner. Er kam nicht gleich, weil inzwischen mehrere Tische mit Mittagsgästen besetzt waren und er Schüsseln, Teller, Bestecke und Gläser zu bringen und abzuräumen hatte.

Schließlich – ich war schon drauf und dran, sein Trinkgeld zu reduzieren – kam er doch und kassierte. Ich bezahlte gleich noch einen doppelten Doppelkorn mit, den er auch schnell herbeischaffte, kippte das schöne, klare Gesöff über die Mahlzeit, stand auf und machte mich Richtung Mittagsschlaf davon – denn das ist eine meiner stillen Leidenschaften: mittags eine halbe, dreiviertel Stunde Beine lang, Augen zu und abschalten.

Ich bin sowieso ein passionierter Schläfer und kann mich zu jeder Tages- und Nachtzeit aufs Ohr legen und ein Nickerchen machen, ganz gleich, ob der Mond oder die Sonne scheint, ob in zwei Stunden mein Flugzeug startet oder in einer Stunde Gäste kommen.

Vom *erfolgreichen* Napoleon sagt man, daß er sogar mitten in der Schlacht eine Viertelstunde schlafen konnte. Das hab ich allerdings nicht fertiggebracht, aber ich war ja auch kein erfolgreicher Feldherr, als ich seinerzeit in diverse Schlachten zu ziehen die Ehre hatte.

Später, auf St. Helena, soll der große Korse dem Vernehmen nach schlechter geschlafen haben. Mag ja sein, daß er von den vielhunderttausend Toten geträumt hat, die auf sein Konto kamen und die seltsamerweise nie erwähnt werden, wenn von den Ruhmestaten des Kaisers die Rede ist. Ich habe in meinem großen Lexikon jedenfalls unter N = Napoleon nicht eine einzige Zahl gefunden, die aussagt, wie viele Menschen für des hohen Herrn Ruhm haben ins Gras beißen müssen.

Solche Zahlen stehen nicht in den Lexika und auch in den meisten Geschichtsbüchern nicht, obschon das gewiß ganz nützlich wäre ... Aber es ist natürlich einfacher, Vaterlandsbegeisterung und Hang zum Heldentum mit Berichten vom Ruhm und Glanz großer Geister zu wekken, als mit den adäquaten Zahlen der Opfer, die den Teppich zu Ruhm und Klingklanggloria gebildet haben ...

Apropos Träume: Ich träume sehr viel und oft die abenteuerlichsten Geschichten. Manchmal sogar richtig in Fortsetzungen, das heißt, ich wache auf – mal vor Furcht, mal vor Lachen –, liege ein Weilchen wach, denke über das Geträumte nach, schlafe wieder ein und träume genau dort weiter, wo mein vorheriger Traum aufgehört hat.

Außerdem träume ich farbig. Davon bin ich überzeugt, denn ich weiß beim Aufwachen genau, daß die Wiese, über die ich im Traum gelaufen bin, voll knallgelber Blumen stand, oder daß der Bursche, der mir ans Leder wollte, einen roten Bart trug.

Manchmal denke ich beim Aufwachen, daß sich aus

dem soeben geträumten Traum eine schöne Geschichte machen ließe. Und ich bin mitten in der Nacht begeistert von der Idee und stehe auf und gehe auf Zehenspitzen – um Charlotte nicht zu wecken – in mein Arbeitszimmer und notiere mir die «tolle» Geschichte auf einem Schmierzettel. Aber in neuneinhalb von zehn Fällen halten diese Nachtideen dem Tageslicht nicht stand und erweisen sich morgens als Unsinn, unbrauchbar . . .

Dann wundere ich mich über meine nächtliche Begeisterung und werfe den Zettel in den Papierkorb und halte Ausschau nach einer Tages-Muse, die mich küßt, was auch nicht immer – und schon gar nicht auf Bestellung – geschieht.

Ich legte mich also ins Bett – nachdem ich den Portier gebeten hatte, keine Telefonate durchzustellen – und schlief eine Dreiviertelstunde.

Das erste, das ich beim Erwachen sah, war das gefundene Hufeisen, und ich wußte für ein paar lange Sekunden nicht, wie es auf den Stuhl vor meinem Bett gekommen war, was es da sollte, woher es stammte und welche Bewandtnis es damit hatte.

Aber dann fiel es mir wieder ein, und ich stand auf, zog mich an und bat die Rezeption per Telefon, man möge mir eine Kanne guten Kaffee heraufschicken und, ja – Anrufe dürften jetzt wieder durchgestöpselt werden und ob schon was gewesen sei?

Es war nichts gewesen. Ich bekam meinen Kaffee.

Das mollige Mädchen brachte das Tablett. Ich schenkte ihr zwei Mark.

«Eine fürs Kaffeebringen», sagte ich, «und eine fürs Singen!»

«Danke!» sagte sie verdutzt. «Fürs Singen?» fragte sie dann.

«Ja», sagte ich, «das schöne Lied von den drei Lilien haben Sie heute morgen so wundervoll gesungen. Woher kennen Sie das?»

«Hab ich Sie gestört damit?» fragte das Mädchen erschrocken.

«Aber im Gegenteil», sagte ich, «es hat mir gut gefallen!»

«Ich kann's aus dem Kirchenchor zu Hause», sagte das Mädchen, «bei uns im Dorf, wo ich herkomme ... drüben, hinter dem Moor ... Da hab ich im Kirchenchor gesungen. Bald drei Jahre, und der Kantor, der junge, nicht der alte vorige, nein, der neue junge Kantor, der hat mit uns oft auch mal was anderes als Choräle gesungen. Eben so alte Volkslieder, wissen Sie? Schöne Lieder, auch lustige. *Jan Hinnerk wahnt up de Lammerstraat* und *Es wollt ein Schneider wandern ...* – Die sind schön zu singen, wenn man zu mehreren ist. Aber wenn ich alleine singe, dann hab ich die traurigen lieber: *Es waren zwei Königskinder ...* und eben die *Drei Lilien*.»

Sie war ins Schwatzen gekommen und fuhr jetzt richtig zusammen: «Ach, entschuldigen Sie», sagte sie verwirrt, «aber ich steh da und rede ...»

«Das macht nichts», sagte ich. «Ich kenne die Lieder auch alle. Wenn wir mal Zeit haben, singen wir das vom *Jan Hinnerk wahnt up de Lammerstraat* zusammen, ja?»

Die Mollige war sichtlich unentschlossen, ob sie mich nett finden sollte oder ob ich auch bloß einer von denen war, die ihr an die Wäsche wollten – nur eben mit einem anderen Trick. Nicht zusammen essen oder spazieren oder ins Kino gehen – nein, zusammen Volkslieder singen ... komischer Kavalier!

Ich lachte über den Zweifel, der sich in ihrem hübschen Gesicht spiegelte.

«Keine Angst», sagte ich, «daraus wird nichts. Ich kann überhaupt nicht singen. Leider! Trotzdem vielen Dank, liebes Fräulein!»

«Oh ...» sagte sie, wurde aus irgendeinem Grund, den ich nicht begreifen konnte, rot, machte einen wackligen Knicks und lief hinaus.

Auch ihre Kehrseite war rund und durchaus ansehnlich.

Ich goß mir Kaffee ein und schrieb meine Geschichte weiter. Ich schrieb mit der Hand weiter, weil ich Spaß daran gefunden hatte und weil ich den Weg vom Kopf über die Finger durch den Kugelschreiber aufs Papier kürzer und organischer fand als vom Kopf über mehrere Finger durch die Mechanik der Schreibmaschine aufs Papier.

Das mollige Mädchen hatte mir eine ziemlich große Kanne voll Kaffee gebracht. Ich schrieb und trank sie aus und schrieb – und war nach gut vier Stunden fertig mit der Geschichte *Dein Mord in Gottes Ohr*.

Es waren sechzehn eng bekritzelte Seiten geworden – also würden es ungefähr fünfundzwanzig Maschinenseiten werden. Viel zu lang – doch das schadete nichts. Lange Geschichten werden durch Kürzung immer besser, kurze aber durch Verlängerung stets schlechter.

Als ich den Kugelschreiber weglegte und fröhlich «Uff!» zu mir sagte, ging es auf halb sieben. Genau 18 Uhr 25. Schon Zeit, ein frisches Hemd anzuziehen, den Bartschatten zu entfernen und mich mit Buch, Bonbonniere und Rotspon auf den Weg zum Rohkost-Abendmahl bei Schnurbusch zu machen.

Im Moment, da ich mein Hotelzimmer verlassen wollte, das schon richtig wohnlich unordentlich geworden war: Schreibpapierstapel, eine Hose über der Stuhllehne, Kaffeegeschirr auf der zerknautschten Bettdecke – in diesem Moment schepperte das Telefon.

«Ein Herr für Sie, Herr Doktor!» sagte der Mann von der Rezeption.

«Was für ein Herr?» fragte ich, doch da war bereits Mikes unverkennbare Stimme im Hörer.

Mikes Stimme ist unverkennbar und unverwechselbar, weil der junge Fotograf aus jenem Teil unseres Heimatlandes stammt, aus dem sonst Catcher, Mönche, Schuhplattler und seltsame politische Ansichten kommen.

Wieso und gegen welche Widerstände und Erbmasse Mike ein Fotoreporter – noch dazu bei so einer halblinken Illustrierten – und darüber hinaus sogar ein guter Fotoreporter geworden war, das wußte ich nicht. Und ich mochte ihn auch nicht fragen, um ihn nicht damit zu kränken, daß ich in Niederbayern mehr Deppen vermutete, als es vielleicht in Wahrheit gibt.

«Ich bin da!» knödelte er mir mit seinem Baßbariton ins Ohr. «Auf geht's, Phil . . . äh, Herr Dr. Bärwinkel . . . sakra, so 'n Name!»

«Fein, Mike!» sagte ich. «Komm rauf! Zimmer drei! Aber ich hab nur noch zehn Minuten Zeit!»

«Hast du was Trinkbares oben?» wollte er wissen.

«Nein, nicht mal mehr einen Kaffee», sagte ich.

«Wer spricht denn von Kaffee?» sagte er. «Ich bring was mit!»

«Bitte nicht für mich, Mike», bat ich. «Zu den Leuten, bei denen ich eingeladen bin, möchte ich nicht mit einer Fahne einmarschieren!»

«Ach nee . . . na, so was! Also bis gleich!» sagte er und hängte auf.

Fünf Minuten später hämmerte er an meine Tür und kam gleich herein. Er hatte seine Fototasche noch umgehängt, in der Linken seinen Koffer und in der Rechten einen Halbliterkrug Bier.

«Tag, Philipp!» rief er, setzte die Gepäckstücke ab, nahm das Bierglas in die Linke und zerquetschte mir mit seiner Rechten die Hand.

«Aua, Holzfäller, verflixter!» rief ich und schüttelte die schmerzenden Finger.

Er lachte.

Ich war froh, daß nicht Schlafenszeit war, denn bei seinem Lachen wäre die Dame nebenan bestimmt aus dem Bett gefallen.

Er sah sich um, spitzte die Lippen und zog bewundernd die Augenbrauen hoch: «Das schaut richtiggehend nach Werktätigkeit aus, Mensch!»

«Ich bin ja kein Fotograf», sagte ich, «deshalb muß ich arbeiten, wenn ich Geld verdienen will!»

Er lachte noch einige Phon lauter, ließ sich auf dem Stuhl vor meinem Bett nieder, fuhr wieder hoch, das Hufeisen in der Hand, und sagte: «Ich glaub, ich spinn, Philipp Gohlis! Nimmst du neuerdings ein Hufeisen mit ins Bett? 'st wegen dem Glückbringen . . . oder was? Wenn ich das in der Redaktion erzähl, werden sie dich bald für 'n So . . . Somi . . . Dosomi . . . Scheiß drauf, für einen halten, wo's mit Rössern treibt, haha!»

«Sodomiten heißen die», sagte ich und lachte mit.

Mike hob das Bierglas an den Mund und schloß die Augen. Ich sah seinen Kehlkopf steigen und sinken. Als er absetzte, war das Glas halb leer.

«Gutes Bier!» sagte er. «Der Abend ist gerettet!» und lachte schon wieder dröhnend, wobei ihm ein Rülpser entfuhr, der wie das grollende Starten eines schweren Motorrads klang.

Ich berichtete ihm, was ich bisher wußte, viel war es ja noch nicht, und be-, nein, empfahl ihm, sich den *Aphrodite Club* vorzunehmen. Solange es noch hell genug war, ein paar Aufnahmen von außen und dann möglichst auch ein paar vom Innenleben, soweit das machbar war. Ich sagte ihm nichts von Editha als «Kontaktperson», ich kann gar nicht erklären, warum nicht – aber irgendwie war mir die Vorstellung unangenehm, daß er mit der Schlanken, gut Anzufassenden im gleichen Bett liegen könnte wie ich 48 Stunden früher. Das war keine Eifersucht. Aber der Gedanke, daß sie ihm womöglich sagen könnte, er sei endlich mal ein guter Liebhaber oder so was – und daß er mir das anderntags wieder erzählen würde – . . . nein, zu dumm!

Also behielt ich den Namen der Informantin – nach guter alter journalistischer Sitte – für mich.

Wahrscheinlich würde sich Mike sowieso was Stabileres suchen mit seinem Hundertneunzigzentimeter-Body und den 95 Kilo – aber das weiß man nie.

Na ja.

Mehr als den *Aphrodite Club* konnte er an diesem Abend nicht schaffen, wenn er dort überhaupt zum Knipsen kam. Aber die Illustrierten-Jungs sind ja taffe Burschen, die finden oft auch da einen Weg, wo es nach Moor oder Dschungel aussieht.

«Sieh zu, Mike», bat ich den bärtigen Bayern, «daß du morgen früh nicht allzu verkatert bist, weil ich mit dir gerne noch ein paar der Kläger besuchen möchte – *vor* der Gerichtsverhandlung –, verstehst du? Wir müssen also so gegen neun los . . .»

«Okay», sagte er, «ich werde also die Aphrodite halb neun von meinem Kopfkissen schmeißen, damit ich noch Zeit für eine Tasse Kaffee habe.»

«Recht so!» sagte ich. «Rasieren brauchst du dich ja kaum! – Sag mal, juckt so ein Vollbart nicht?»

«Ich verwend' ein Insektenpulver», sagte er, «gegen alles – auch gegen Milben, Holzböcke und Termiten!»

Er freute sich, daß ich fast fünf Sekunden sprachlos war und auf «Holzböcke und Termiten» nicht gleich was zu erwidern wußte.

Meine Angst vor dem Rohkost-Abend war unbegründet gewesen. Schnurbuschs Tochter Dorothea hatte drei Salate gemacht, die unerhört gut schmeckten. Das eine war ein Eisbergsalat mit Chicorée und Radieschen, das zweite war ein Apfel-Porree-Kopfsalat und das dritte war ein sogenannter Columbia-Salat mit Sellerie, Weintrauben, Bananen, Nüssen . . . was weiß ich, und einer wundervollen Marinade aus Sahne, Zitrone und Mayonnaise. Dazu gab es warmes, knusprig gebackenes französisches Brot mit Butter und Kräuterbutter und einen hellroten, trockenen Landwein oder – wer wollte – Tee. Schnurbusch wollte keinen Tee. Ich auch nicht.

Es schmeckte mir großartig, und ich sagte es mehrmals und lud mir – den Sättigkeitsgehalt unterschätzend –

mehr auf den Teller, als ich schließlich ohne Mühe verputzen konnte.

Aber das Aufregendste bei dieser ungewöhnlichen Einladung war nicht das gelungene Menü, sondern das gelähmte Mädchen.

Ich fand mich schwer damit ab, daß man ihr nicht helfen durfte, um sie nicht dauernd an ihre Behinderung zu erinnern.

Es war jedoch auch gar nicht notwendig, ihr zu helfen, denn sie hantierte so umsichtig und sicher und geschickt, daß ich ihr Gelähmtsein zeitweise völlig vergaß.

Nach der Mahlzeit und nachdem Dorothea das Geschirr in die Küche geräumt hatte, setzten wir uns mit einer Flasche des guten Rotspons, den ich mitgebracht hatte, in die Flußpferdsessel des Arbeitszimmers. Ich erzählte von dem rundlichen Mädchen im Hotel, das wunderschön singen und sogar die Texte der alten Lieder konnte.

«Mögen Sie solche Lieder?» fragte Dorothea.

«Ja, sehr!» sagte ich. «Sie erinnern mich an meine Kindheit. Ich hatte eine sehr schöne Kindheit. Es gab damals nur ein einziges Auto in der Straße, in der wir wohnten, aber Pferdewagen, Droschken und Fuhrwerke mit schweren Rössern gab es viele. Wir hatten ein Dienstmädchen vom Lande, Anna, die war mit so einem Fuhrmann liiert. ‹Das ist mein Schatz Karl›, sagte sie. Der Schatz Karl saß oft bei ihr in der Küche und wartete, bis sie mit ihrer Arbeit fertig war. Er saß hinter dem Küchentisch, hatte seine mächtigen Hände auf der Wachstuchdecke, schnitt sich seinen Kautabak und sagte nichts. Aber wenn Anna beim Aufwaschen sang, dann brummelte er mit. Das höre ich heute noch: ‹Wenn alle Brünnlein fließen . . .› sangen sie und ‹Als wir jüngst in Regensburg waren . . .› und manchmal auch das schöne Lied vom lieben Tod von Basel. Ja – und wenn ich heute, fünfzig Jahre später, die Lieder höre, dann sitze ich sofort wieder in der gemütlichen Küche auf der Fußbank neben dem Herd, sehe die mächtigen Hände von Annas Schatz

Kautabak schneiden, rieche den Stallgeruch, den guten Geruch von Pferden und Heu, den er verbreitete, und habe seine Brummstimme im Ohr, die wie ein Kontrabaß des Mädchens Melodiegesang begleitete . . .»

«Das haben Sie sehr schön gesagt», sagte Dorothea. Sie wandte den Blick zu ihrem Vater.

«Was meinst du, Papa, sollen wir den Doktor mal für ein paar Minuten in seine schöne Kindheit versetzen?»

Schnurbusch nickte, stand auf, nahm sein Rotweinglas mit und setzte sich an den Flügel. Dorothea rollte mit ihrem Stuhl neben ihn. Er klappte den Deckel auf. Gelbe Tasten, wie die Zähne starker Raucher, wurden sichtbar. Schnurbusch schlug ein paar Töne an, präludierte, improvisierte und begleitete dann seine Tochter, die mit einer hübschen, ein bißchen rauhen, aber recht reizvollen Stimme den Mond aufgehen und die güldenen Sternlein prangen ließ. Schnurbusch begleitete seine Tochter behutsam auf dem Flügel und mit dem Kontrabaßgebrummel seiner Kehle – wie seinerzeit der Fuhrknecht, Annas Schatz, unser Dienstmädchen begleitet hatte –, nur ein paar Grade kunstvoller.

«Bravo!» rief ich, ehrlich begeistert, und klatschte Beifall, als Dorothea mit dem sinnigen Text des *Wandsbeker Boten* geendet hatte:

«Laß uns einfältig werden und vor dir hier auf Erden wie Kinder fromm und fröhlich sein . . .»

Ich hatte gut applaudieren, denn die zwei, Vater und Tochter, musizierten und sangen das nicht nur allerliebst, sondern sie wirkten auch «. . . wie Kinder fromm und fröhlich . . .».

Ich hatte jedenfalls den Eindruck an diesem Abend.

Sie sangen noch ein zweites Lied, das ich nicht kannte. Es war eine Moritat, und Schnurbusch spielte das Klavier so, daß es wie Leierkastenmusik klang. Die Geschichte, die Dorothea dazu sang, handelte von der Pfarrerstochter von Taubenheim, die ihren Säugling umgebracht hat und dies in folgenden Versen kundtut:

«Da drunten auf der Wiesen
da ist ein kleiner Platz
da tut kein Wasser fließen
da wächst kein grünes Gras.
Da wachsen keine Rosen
und auch kein Rosmarein
hab ich mein Kind erstochen
mit einem Messerlein . . .» und so weiter.

Es war herzzerreißend, und die zwei sangen es hingebungsvoll.

Als sie fertig waren, lachten wir sehr. Schnurbursch machte die zweite Flasche des guten Rotspons auf. Ich sagte: «Ein Glück, daß Sie hier so für sich wohnen, Herr Schnurbusch. Da klopft Ihnen kein Nachbar an die Wand, wenn Sie mit Ihrer Tochter Moritaten singen.»

Er schenkte gerade ein, als ich das sagte, hielt inne und klopfte mit der freien Hand unter die Tischkante.

«Toi, toi, toi!» sagte er. «Hoffentlich bleibt's so!»

«Warum denn nicht?» fragte ich.

«Ach, es gibt so Pläne», sagte Dorothea, «danach soll die ganze linke Straßenseite abgerissen und dafür soll ein Einkaufszentrum mit Parkhaus und Tiefgaragen und so was alles gebaut werden.»

«Das ist ja wohl hirnrissig», sagte ich, «so hübsche Einfamilienhäuser wegreißen? Nein, das halte ich für ein Gerücht, Dorothea. Außerdem kann man sich gegen solche blöden Pläne wehren. Wenn Sie sich mit den anderen Hausbesitzern einig sind, besteht da kaum eine ernste Gefahr! Denn man kann Sie nicht zwingen, Ihre Häuser und Grundstücke zu verkaufen. Die müßten dann alle enteignet werden, und die Enteignungsverfahren dauern erfahrungsgemäß viele Jahre! Also brauchen Sie meiner Meinung nach da keine Angst zu haben!»

«Ihr Wort in Gottes Ohr!» sagte das Mädchen und wunderte sich wahrscheinlich, weil ich zusammenzuckte.

11

Am nächsten Tag – Dienstag – donnerte zehn vor halb neun Mikes Holzfällerfaust so heftig an meine Tür, daß ich mich vor Schreck tief ins Kinn schnitt beim Rasieren.

«Herein, zum Teufel!» rief ich, aber Mike konnte nicht reinkommen, weil ich abgeschlossen hatte.

«Ich geh runter zum Frühstück!» dröhnte er.

«Okay, ich komme gleich nach!» rief ich zurück, tupfte mir den Alaunstift auf den stark blutenden Schnitt, zog die Luft ein und das Gesicht in Falten, weil das Zeug wie Hölle brannte, fuhr in Hemd und Hose, Strümpfe und Schuhe, schlüpfte ins Jackett und guckte aus dem Fenster zum Hof nach dem Wetter.

Es war überhaupt kein Wetter draußen. Grau, trocken, windstill – kein Blatt regte sich am Weinspalier an der Remise, der Himmel über den Dächern glich in der Farbe den Gesichtern alternder Archivarinnen, die bei Neonlicht täglich achteinhalb Stunden Grundbuchauszüge sortieren und abheften und an nichts mehr glauben, außer an ihren eigenen Blutdruck . . .

Ich nahm vorsichtshalber aber doch meinen Mantel mit und ging zum Frühstück.

Mike – mit vollem, bürgerlichem Namen Michael Joseph Oberwieser – kaute schon, als ich kam.

«Hallo – na, Mike?» sagte ich.

«Mojn, Philipp!» sagte er mit vollem Mund.

«Hattest du Erfolg?» fragte ich und setzte mich ihm gegenüber, nachdem ich der Frau Wirtin hinter der Theke zugewinkt und «Kaffee, bitte!» zugerufen hatte.

«Hm, glaub schon!» mampfte Mike. «Aber genau kann ich dir erst nach dem Entwickeln Bescheid sagen.»

Ich zwinkerte . . . ach so . . . er dachte an beruflichen Erfolg, ich hatte aber – da sieht man's mal wieder! – die

Art von Erfolg gemeint, die im *Aphrodite Club* vorrangig war.

Doch sein diesbezüglicher Erfolg ging mich nichts an, und wenn mein klobiger Kumpan keinen Kommentar zu geben geneigt war, mußte ich meine spätpubertäre Neugier zügeln.

Ich zügelte also, frühstückte ebenso wortkarg wie er und redete erst wieder, als er sich die Pfeife anzündete und ich meinen letzten Schluck Kaffee getrunken hatte.

«Der Beklagte heißt Stock», berichtete ich. «Friseurmeister Johann Stock ist vierundvierzig und hat zwölf Jahre dem Männergesangverein der Stadt vorgesessen, bis ihn die Konservativen, zusammen mit ein paar Uralt-Sozialdemokraten, abgeschossen haben, weil er ihnen – so die damaligen Argumente – statt der geforderten erhabenen und erhebenden Lieder zu viele frivole aufs Programm gesetzt habe.

Die wollten also wahrscheinlich nicht mehr von dem Jäger singen, der dem Mädchen das Netz über den Leib wirft und so was, sondern sie wollten wohl lieber das ‹Morgenrot› tremolieren, das ‹zum frühen Tod leuchtet›, oder was sie sonst erhaben und erhebend fanden.

Die treibende Kraft war – du magst es glauben oder nicht – ein Mann namens Duster, seines Zeichens Justizangestellter beim hiesigen Amtsgericht, unentbehrlicher Tenor des Vereins, ehrgeizig, ein Korinthenkacker und so weit rechts, daß rechts davon nur noch die Hakenkreuzfahnen wehen.»

Mike lachte.

«Was du alles weißt», sagte er, rief der Wirtin zu, daß er gern einen Korn trinken möchte, erklärte, als ich ihn verdutzt ansah, daß dies für ihn das beste Mittel gegen einen Kater sei – und er habe einen veritablen Kater.

«Hundehaare auf den Hundebiß!» sagte er und kippte den Korn, den die Wirtin gebracht hatte, ohne sich zu schütteln.

«Erzähl weiter!» forderte er mich dann auf. «Das ist

schön komisch, allein die Namen Stock und Duster, da hast du doch schon die halbe Geschichte. Ist denn so ein Kleinstadtgesangverein wirklich eine so politische Sache?»

«Und ob», sagte ich, «das hab ich auch nicht gewußt, aber der alte Musiklehrer, den ich zufällig kennengelernt habe, der hat mir erzählt, daß die Beschlüsse des Stadtparlaments meist schon vor den Rathaus-Sitzungen am Biertisch nach den Singabenden ausgeklüngelt werden – und deshalb ist es, zum Beispiel für einen Schulneubau oder für die Anstellung des Jugendpflegers oder für den Kauf einer neuen Feuerwehrspritze, sehr wichtig, ob der Gesangverein von einem frech-fröhlichen Halblinken wie Johann Stock geleitet wird oder ob der Tenor Duster den Ton angibt, verstehst du?»

«Ja», sagte Mike, würzig-wohlriechende Tabakrauchwolken ausstoßend, «in meinem Dorf macht die Politik der Stammtisch im *Hirschen* und auch nicht der Gemeinderat. Aber bei uns kommt noch die Kreszentia Kugelstätter dazu.»

«Wer ist das?» wollte ich wissen. «Die Wirtin?»

«Nein, die Kellnerin», sagte Mike. «Die schläft mal mit dem Sparkassenchef, der auch an der Spitze der Mehrheitspartei steht – und mal mit dem Werkmeister aus der Ziegelei, der die – schwache – Opposition anführt . . . die Roten, wie dort alle heißen, die nicht schwarz sind. Obschon unsere Roten im Verhältnis zu den Roten in – na, sagen wir mal, in Hamburg-Barmbek oder Berlin-Kreuzberg, eher braun sind – aber die Zenzi, also die Kreszentia, gibt nichts auf rot oder schwarz. Mit dem Pfarrer soll sie auch schon . . . daraufhin hat der Gemeinderat – oder richtiger der Stammtisch – eine neue Orgel beschlossen. Wenn du da ein Grundstück außerhalb des Flächennutzungsplans bebauen willst, mußt du dich zunächst mal mit der Zenzi gutstellen, mußt ihr einen Zehner oder Fünfziger in den Ausschnitt stecken, ihr den Hintern tätscheln . . .»

«Ist er hübsch?» fragte ich dazwischen.

«Eher umfangreich», sagte Mike, «aber das ist ja Geschmackssache!»

«Ich will kein Grundstück außerhalb deines Dorfes bebauen», sagte ich. «Laß uns zur Sache kommen, die Zeit vergeht! – Also den Johann Stock hätte ich gern vor der Verhandlung kurz interviewt. Und natürlich den Duster, ich glaube, der heißt Rudolf . . . Und selbstverständlich den Kläger. Das ist ein Apotheker mit dem schönen Namen Nußbaum. Dr. August Nußbaum.»

«Das kapier ich nicht», sagte Mike, «ich denke, Duster hat den Friseur verklagt – wegen Beleidigung oder . . .?»

«Nein», erläuterte ich, «Duster hat ja von der gefälschten Einladung Gebrauch gemacht und ist, zusammen mit allen anderen Volksvertretern, hin in den *Aphrodite Club*. Das muß ein zauberhafter Abend gewesen sein! Die haben da alle Mann gesoffen und getanzt, und einige haben bestimmt auch die Damen frequentiert, denn es soll ja auf der Einladung in schönen Druckbuchstaben gestanden haben, daß der Besitzer sich freuen würde, wenn sie ‹alle Gelegenheiten des Etablissements› genießen würden und so weiter. Wenn ich bloß so 'ne Einladung kriegen könnte, zum Teufel!»

«Vielleicht verkauft uns ja der Stock eine», sagte Mike, «oder er verrät uns die Druckerei, und die haben noch ein Belegexemplar, das wir kopieren können.»

«Gute Idee, danke!» sagte ich und fuhr fort: «Also Duster, der Justiz-Korinthenkacker, war mit von der Partie. Der einzige, der nicht mit war und deshalb den Witzbold Stock vor den Kadi zerren kann, ohne fürchten zu müssen, daß aus der Klage ein Rohrkrepierer oder Bumerang wird, das ist der Apotheker, weil der an dem fraglichen, um nicht zu sagen fragwürdigen Abend verhindert war. Und der müßte uns also auch noch was dazu sagen. Wir haben drei Leute im Visier – die anderen sind Mitläufer, Mitsäufer, Mitbumser . . . und wir werden sie vielleicht ja auch im Gericht sehen. Wenn da einer mit'm Gesicht dazwischen sein sollte, können wir uns den immer noch rauspicken, nicht wahr?»

«Okay», sagte Mike, «ich hole meine Rüstung. Hast du ein Auto hier?»

«Nein», sagte ich, «aus Mimikry-Gründen bin ich per Bundesbahn gekommen.»

«Dann mußt du dich ja mit in meins quetschen», sagte Mike. «Ich bin leider nur mit dem Zweitwagen hier. Wenn ich geahnt hätte, daß ich auch noch den Dichter befördern muß, äh, darf, hätte ich selbstverständlich den Rolls genommen, aber das wäre kompliziert geworden, weil unsere Köchin damit dienstags immer zum Gemüsemarkt muß.»

«Haha!» machte ich mit ganz ernstem Gesicht.

«Kanntest du den Witz schon?» brummte Mike verdrossen.

«Meine Urgroßmutter hat ihn immer als Kindheitserinnerung erzählt», sagte ich.

«Damals gab's noch keine Rolls-Royce!» widersprach Mike.

«Aber Köchinnen und Gemüsemärkte», sagte ich.

«Haha . . .» revanchierte sich jetzt Mike.

«Hol deine fotografischen Geräte, Kamerad!»

Zehn Minuten später stoppte Mike seinen röhrenden Porsche vor dem Haus Hindenburgstr. 28, an dem ein im Wind wackelndes Messingbecken hing, das anzeigte, welches Gewerbe in diesen Mauern ausgeübt wurde. Um keine Unklarheiten aufkommen zu lassen, war mit lila leuchtenden Neonbuchstaben an der Fassade noch extra *Frisiersalon* angeschrieben, und wunderschöne Damen- und Herrenköpfe in sechsfacher Lebensgröße lächelten von Plakaten im Schaufenster den Vorübergehenden an und waren so phantastisch fein frisiert, onduliert, toupiert, daß jede dünnbehaarte, strähnige Passantin und jeder glatzköpfige Passant sofort und auf der Stelle Minderwertigkeitskomplexe bekommen mußten.

Der Friseurmeister Johann Stock war ein massiver Mittvierziger mit akkurat gestutztem schwarzem Schnauz- und Kinnbart und einer wohlgeordneten ebenso schwarzen Locke über der Stirn.

Er hatte lustige, nein, kecke dunkle Augen, eine Stupsnase und – soweit das festzustellen war unter dem Bart – ein freches Mundwinkelzucken, das ein bißchen nach Insubordination aussah, nach Zweifel und Aufmüpfigkeit.

Stock stand hinter einem alten Mann, der seine restlichen Haare schneiden und so dekorieren ließ, daß sie noch den Eindruck von Frisur machten.

Als ich mein Reportersprüchlein aufgesagt hatte ... («Guten Tag, mein Name ist Bärwinkel, ich komme von der Presseagentur Intersociety Press» – denn den Namen der Illustrierten *Komet* zu sagen war oft und gewiß auch hier in Olders relativ riskant, weil das Blatt einen Linksgeruch hatte, nicht ganz zu Recht ... aber es hatte – «und möchte Ihnen gern ein paar Fragen stellen.») Nachdem ich das also aufgesagt hatte, rief Stock in die Damenabteilung seines Verschönerungsunternehmens: «Ilse!» – worauf ein wasserstoffsuperoxidblondes Mädchen kam.

«Mach Herrn Breckwitz noch die Fasson fertig!» sagte er und bat den Kunden: «Bitte, entschuldigen Sie mich, Herr Breckwitz – die Ilse bedient Sie zu Ende! Da sind Herren von der Presse ... Verstehen Sie!»

Der Alte nickte.

Stock klopfte sich den weißen Kittel sauber und gab mir die Hand.

Ich bat ihn, für ein paar Fotos mit vor die Tür zu kommen. Er erklärte sich bereit, warf noch einen prüfenden Blick in den Spiegel, fand den Sitz seines Scheitels korrekt und folgte mir auf die Straße, wo Mike schon in Schußstellung stand und seine automatische Kamera klicken ließ. Dazu zog er die übliche Fotoreporter-Schau ab, ging mal in die Hocke, mal auf die Zehenspitzen, rannte zehn Schritte nach rechts, nach links, über die Fahrbahn und rief dem immer verwirrter werdenden Friseur zu: «Gukken Sie mal zu mir! Ja! – Und jetzt nach oben, ja! – Und jetzt in Ihr Schaufenster, ja!» – und – und – und –

Der Haarkünstler tat brav alles, was ihm gesagt wurde. Es hatten sich ein paar Leute angesammelt, die dem Schauspiel interessiert zusahen. Diese lächelte Stock grüßend, um Nachsicht bittend, verlegen an . . . Dann war Mike fertig.

«Wenn du Herrn Stock im Geschäft jetzt interviewst, mach ich drinnen noch 'n paar», sagte er zu mir.

«Vielen Dank!» sagte er zu Herrn Stock. «Sie waren großartig!»

«Kann man denn von den Bildern welche bekommen?» fragte der Friseur. «Gegen Bezahlung natürlich!»

«Ja, selbstverständlich!» sagte Mike – aber das bedeutete gar nichts. Stock würde, wie ich die Fotoreporter kenne, in zehn Jahren noch auf seine Bilder warten.

Die superblonde Ilse hatte unterdessen die Fasson des Herrn Breckwitz fertig gemacht. Der Kunde verabschiedete sich. Wir waren allein im Laden. Nur nebenan im Damensalon saß noch eine Frau unter der Haube und las einen dicken Roman.

«Sie haben vorhin gar nicht gefragt, weshalb ich Sie interviewen möchte, Herr Stock!» hob ich an. «Aber Sie können es sich wahrscheinlich denken, daß ich wegen des Prozesses gegen Sie komme, der –» ich sah auf die Uhr – «in zwei Stunden beginnt. Was hat Sie denn veranlaßt, die Herren so auf den Besen zu laden?»

Er sah mich mit seinen kecken dunklen Augen fragend an, weil er rauskriegen wollte, ob ich seinen Streich goutierte.

Ich setzte ein unverbindliches Lächeln auf und ließ ihn schwimmen. Es ging mir nicht um Solidarität, sondern um möglichst sachliche Information.

«Na ja», sagte er schließlich, «das war so 'ne Idee, wissen Sie . . . Die hatten mich wochenlang angemotzt im Gesangverein, ich wäre kein guter Vorsitzender, weil ich die ‹wahren moralischen Werte des deutschen Liedgutes› nicht kennen und achten würde. Ich ließe immer bloß oberflächliche Leichtfertigkeiten singen und kaufte auch nur für solche Programme die Noten und für Feierstunden oder Beerdigungen hätten sie bloß vier oder fünf Lieder drauf . . . Ja. Und dauernd haben sie von ‹Moral› und ‹Ehre› und ‹erhabenem Kulturgut› und von ‹sauberer Kunst› und ‹deutscher Treue zum deutschen Geist› und so was alles geredet, weil ich auch für Shanties die Noten besorgt hatte . . . Na, und dann kam die Vorstandswahl, und da haben sie den August Nußbaum ans Rednerpult geschickt. Das ist ein Apotheker. Der hat sogar den Doktortitel – aber der ist dumm wie Bohnenstroh. Wie der sein Studium und seine Examen bestanden hat, das weiß der Kuckuck!

Ja . . . und August Nußbaum hat gesagt, sie müßten mir zwar sehr danken, daß ich so lange Jahre den Verein . . . und so weiter – aber nun sei es an der Zeit, wieder verantwortungsbewußte Kulturarbeit zu leisten und der Jugend Vorbilder zu schaffen . . . na, und so.

Ich weiß nicht, ob Sie die Sprüche kennen?!»

«Ja, kenn ich», nickte ich und mußte nun doch grinsen, womit ich zu erkennen gab, auf welcher Seite ich stand.

«Mögen Sie ’n Cognac?» fragte er deshalb auch prompt.

«Ja, gerne!» erwiderte Mike, der – gar nicht gefragt – immerzu um uns herumgehupft war und fotografiert hatte.

«Ich auch, ja, aber bitte nur einen kleinen!» sagte ich.

Stock klappte einen Wandschrank auf, fischte zwischen lauter Haartonikum- und Shampoopackungen eine Flasche guten Cognac heraus, holte aus einer Schublade unter den Waschbecken drei Gläser und goß sie randvoll.

«Prost!» sagte er.

«Prost!» sagten wir im Chor und tranken.

«Sind denn alle die eingeladenen Kommunalpolitiker auch Sangesbrüder?» fragte ich.

«Nein», erwiderte Stock, «aber sechzehn von den dreißig. Und ich mußte schon deshalb alle dreißig einladen, damit keiner vorher auf den Gedanken kam, das sei eine faule Kiste.»

«Wie sind die überhaupt darauf gekommen, daß Sie dahinter stecken?» fragte ich.

«Ich habe einen Fehler gemacht», sagte Stock, «wie eben alle Schwerverbrecher immer irgendwo einen kleinen – den entscheidenden kleinen – Fehler machen. Ich hab mir im Rathaus die Adressenliste der dreißig Volksvertreter geholt . . . statt die einfach aus dem Telefonbuch rauszusuchen, ich Trottel! Die Schreibmamsell, die mir die Liste gegeben hat, wollte wissen, wer ich bin und wofür ich sie brauche. Da habe ich Rindvieh meinen richtigen Namen gesagt und ihr was erzählt, daß der Gesangverein ein Jubiläumsfest feiern will und daß wir dazu die Herren aus dem Stadtparlament als Ehrengäste persönlich einzuladen vorhätten.

Na ja – daran hat sie sich natürlich erinnert, als der Spaß ruchbar wurde. Denn sie haben ja alles darangesetzt, um rauszufinden, wem sie den Kladderadatsch verdanken. Ist ja klar!

Da soll einer nicht sauer werden, nicht wahr, wenn er sich eingeladen fühlt und Sekt trinkt auf Teufel komm raus und mit der vermeintlich kostenlos zur Verfügung stehenden Dame ins Bett steigt und dann plötzlich eine gepfefferte und gesalzene Rechnung präsentiert kriegt, ehe er das gastliche Haus verlassen kann. Und wenn er dann seine vornehme Einladungskarte aus der Tasche zieht, dann sagt der gastfreie Wirt: ‹Aber das ist eine Fälschung, Wertester!› – Nun hat ja der Geschäftsführer – nach nächtlicher, telefonischer Rücksprache mit dem Besitzer des frohen Hauses – nicht auf Bezahlung bestanden . . . jedenfalls nicht auf der vollen Bezahlung . . . aber einige haben aus dußligem Stolz, aus Wut bezahlt, und die wollten, weil sie ein bißchen schlauer waren, auch den Schnabel halten und die ganze Sache unter den Teppich kehren. Aber die anderen, die Dummen – also die Mehrzahl –, haben auf Anzeige gegen Unbekannt bestanden . . . na, und so weiter.

Doch der Staatsanwalt, Baßbariton und Kettenraucher, hat trotz aller Mühe keinen, wie heißt das, ‹Straftatbestand› konstruieren können, denn ich . . .»

«Das weitere weiß ich», unterbrach ich den Friseur, der sich in eine große Tirade hineinredete, die noch eine Stunde gedauert haben würde, wenn ich ihn nicht unterbrochen hätte.

«Ein Glück für Sie», warf Mike ein, der seine Kamera weggepackt hatte, «daß es in Olders noch keine Frauenbewegung gibt.»

«Das verstehe ich nicht», sagte Stock.

Ich verstand auch nicht gleich, worauf Mike hinauswollte.

«Na, sonst hätten Sie in Ihrem Stadtparlament möglicherweise die an anderen Orten üblichen vier Alibifrauen sitzen. Und was für Einladungen hätten Sie denen denn geschickt? Im *Aphrodite Club* wären die ja wohl kaum auf ihre Kosten gekommen – oder?»

Stock schüttelte lachend den Kopf. Seine akkurat gelegte Locke fiel ihm dabei in die Stirn. Er hatte für ein paar Augenblicke Ähnlichkeit mit einem zeitgenössischen Politiker – aber das ging fix vorüber.

«Haben Sie denn nun erreicht, was Sie wollten?» fragte ich.

«Aber klar!» gab er zurück. «Die Moralprediger mit den höheren Werten und der verantwortungsvollen Kulturarbeit zum Vorbild für die deutsche Jugend haben sich selber entlarvt. Ist das gar nichts?»

«Doch», sagte ich, «aber zum Singen dürfen Sie nun nicht mehr gehen, wie?»

«Wir haben einen neuen Verein gegründet», sagte er. «Er heißt Harmonie – und wir sind schon neunzehn Mitglieder. Elf aus dem alten Club. Wir singen, was Spaß macht und nichts ‹Erhebendes› . . .»

«Gratuliere!» sagte ich.

Wir mußten uns sputen, wenn wir die zwei anderen noch erwischen wollten.

«Haben Sie Angst vor dem Prozeß?» fragte ich zum Schluß.

«Nicht die Bohne!» sagte Stock. «Die sollen mir bloß kommen, die Herrschaften!»

Ein Kunde betrat den Laden zum Haarschneiden. Wir bedankten und verabschiedeten uns und brummten mit Mikes ebenerdigem Donnerschlitten zur Löwen-Apotheke.

Der Löwen-Apotheker hatte nichts vom Wappentier seines Geschäfts. Er war ein rundrückiger, schlaksiger Fünfziger, ohne auch nur andeutungsweisen Mähnenwuchs. Sein Schafsgesicht mit langer Nase und tiefen Magenfalten, entzündeten Augenlidern unter einer dicken, kostbaren Hornbrille veränderte sich bei dem, was er sagte, kein bißchen. Es war ein Gesicht ohne jedes Mienenspiel, nur die hängende Unterlippe zitterte hie und da, und die Augen blinzelten.

Das unangenehmste an ihm war jedoch seine Stimme. Sie bildete zu dem, was er sagte, einen so grotesken Kontrast, daß es mir sehr schwerfiel, nicht loszufeixen, als er zum Beispiel – piepsig-quakend – den Satz von sich gab: «Gerade wir Deutschen müssen mit allem, was wir tun, Zeichen setzen, meine Herren! Jawohl, Zeichen als Dämme gegen Verwahrlosung und Verfall unseres Volkes. Und dazu gehört die Pflege des Erbes, das uns von unseren Altvorderen überkommen ist, Männern aus echtem Schrot und Korn, jawoll, die uns ewig voranleuchten!»

Er gab diesen fulminanten Satz von sich vor der Front des schönen alten Hauses, in dem seine Apotheke war.

Als der Apotheker sich da vor der lehmgelb gestrichenen Fassade in eine Volksrede zu steigern anfing, hatte ich plötzlich das Bild des Schulhofs in Sumy vor mir . . . Und meine Lachlust verging wie Rauch im Wind.

Einmal in der Woche – ich glaube, es war immer der Sonnabend – pfiff der Unteroffizier vom Dienst die gesamte Belegschaft des Lazaretts, soweit sie nicht bettlägerig war oder gerade im Sterben lag, und das Personal zum Appell auf den Hof hinter dem lehmgelb gestrichenen Hauptgebäude. Dann standen wir im offenen Karree unter dem hohen, hellen Spätsommerhimmel der Ukraine: in der Mitte der Haufen verwundeter oder maroder Soldaten. Viele mit weißen Verbänden, was eine fast lustig wirkende, getupfte Buntheit in den Block grauer Uniformen brachte, der ohnehin schon unordentlich genug wirkte, weil die Männer mit den Gehgipsen und die – «Stuka» genannten – mit den eingegipsten Armen in hochgewinkelten Drahtgestellen und die zehn oder zwölf in Rollstühlen am Rande der Reihe eine «Ausrichtung» unmöglich machten.

Es herrschte auch keine rechte Disziplin unter den Soldaten, genauer: die Freude an der Ordnung und Unterordnung und Einordnung in ausgerichtete Reihen war ziemlich brüchig geworden.

Gewiß gab es noch ein paar, die mit Fleiß und Eifer ihre Stiefel wichsten und auch mit Lust strammstanden – doch das Gros hatte bei den Sturmangriffen und im Trommelfeuer andere Augen gekriegt und war, zumindest so kurz nach der Begegnung mit dem Grauen, für die Rituale und Regeln der Kasernenhöfe verdorben. Die Männer hatten gelernt, daß «Stillgestanden!» und «Links um!» und «Richt euch!» und «Augen gerade aus!» und zackiger Gleichschritt, daß dies alles im Schlamm und Staub der russischen Rollbahnen, im Nahkampf und Grabenkrieg absolut nutzlos war, wenn man überleben wollte.

Sie hatten schneidige Leutnants weinen sehen und erlebt, daß Hauptleute in die Hosen machten, wenn die Stalinorgel röhrte. Sie hatten selber geweint und in die Hosen gemacht. Und sie glaubten, mit dem Blut, das sie vergossen, mit der Gesundheit, die sie verloren hatten, das Recht erkauft zu haben, den Kasernenhof und alles, was damit zusammenhing, nicht mehr so ernst nehmen zu müssen.

Deshalb stieg immer mal wieder Murren oder gar Gelächter auf, wenn Leute wie Kutsch «Stillgestanden! Ich melde dem Herrn Major!» brüllten und ihre zackige Schau abzogen.

Der Herr Major, dem Kutsch an diesen Appell-Sonnabenden meldete, war ein NS-Führungsoffizier, der bei den Etappeneinheiten und Dienststellen weit hinter der Front politisch «nach dem Rechten» sah.

Es war ein schlaksiger, krummrückiger Mann, dünn behaart mit langer Nase und tiefen Magenfalten und einer eigentümlich hellen, quakigen Stimme. Wenn er «Großdeutschland» sagte oder «Weltjudentum» oder «Lichtgestalten unserer deutschen Geschichte» oder sonstige Worte und Sätze, wie sie damals im Schwange waren, dann hob er die Quake-Stimme noch an, so daß sie fistelig wurde und einen unangenehm kreischenden Klang bekam, der an das Singen einer Kreissäge erinnerte und einem noch lange im Ohr blieb.

Ich weiß noch, wie er einmal etwas vom «Schlachtfeld» erzählte, das «wie einst die Opfersteine auf den Thingstätten unserer germanischen Ahnen» eine Art Altar sei, «auf dem Blutopfer gebracht werden für unser großes Volk . . .» – und wie einer der Männer aus der Soldatenkolonne hinter dem Lazarett plötzlich losschrie:

«Aufhören! Aufhören, verdammt noch mal!» und seinen verbundenen Armstumpf schwenkte und schrie und weiterschrie, bis sie ihn wegführten . . . und wie wir alle betroffen herumstanden . . .

Ich sehe den Nazi-Major noch vor Schreck mit zitternder Lippe stumm im Kreise blicken, dann riß er den Arm hoch – denn der seine war nicht amputiert – und fing an zu singen: «Die Fahne hoch . . .» – Und ich höre noch den mürrisch-holprigen Gesang der zweihundert Angetretenen und dazwischen die paar klirrenden Stimmen der

Unbelehrbaren, immer noch Begeisterten, vorneweg Kutsch und ein paar Assistenzärzte und die Schreibstubenkriecher, die alle meinten, daß von der Lautstärke ihres Horst-Wessel-Lied-Gesanges ihr Verbleiben in der Etappe abhinge.

Herr Dr. Nußbaum war fertig. Mike hatte fleißig geknipst. Ich konnte nur noch drei, vier Fragen stellen, dann mußten wir weiter zum Gericht, um den Kameraden Duster mit der hellen Tenorstimme zu interviewen.

Mir fiel der Abschied vom Apotheker nicht schwer, zumal er auf meine Frage, was er denn von dem neuen Gesangverein Harmonie halte, antwortete: «Das sind so Elemente, wissen Sie! Es soll sogar ein Kommunist dabei sein!»

Na, also!

Der Tenor und Justizangestellte Duster, ein kleiner Mann mit großer Halbbildung, lehnte jedes Gespräch rundweg ab. Er verbat es sich auch, fotografiert zu werden, aber da hatte Mike schon, ohne daß der neue Vereinsvorsitzende es bemerkt hatte, ein halbes Dutzend Aufnahmen von ihm im Kasten.

Duster schmiß mit juristischen Ausdrücken um sich, redete vom Paragraphen 353b – Verletzung des Dienstgeheimnisses –, obschon ich gar nichts Geheimes von ihm wissen wollte, weil es ja auch gar nichts Geheimes gab.

Er verwies auf sein Persönlichkeitsrecht, das im Grundgesetz verankert sei, und behandelte Mike und mich mit jener Herablassung, die manche Lehrer sich anmaßen, wenn die Väter oder Mütter schlechter Schüler um Milde und Gnade bei der nächsten Versetzung betteln kommen.

Ich hatte keine Lust, mich mit dem Knilch anzulegen, zumal nach den bisherigen Recherchen die Geschichte sowieso nicht allzuviel hergab, wenn es mir nicht gelang, jene Nacht zu rekonstruieren und zu schildern, in der die 29 gewählten Volksvertreter der fingierten Einladung gefolgt waren und sich in schöner, interfraktioneller Gemeinsamkeit erst die Nasen begossen, dann die Aphroditen getätschelt und schließlich unisono empört hatten, als sie blechen sollten.

Falls der Beleidigungsprozeß des verhindert gewesenen Apothekers Nußbaum gegen den Friseur Stock nicht noch etwas besonders Amüsantes oder Aufregendes ergab, wußte ich nicht, wie der Bericht aufgezäumt werden mußte, um wirklich allgemeines Interesse zu finden.

Wir marschierten aus dem Büro des Vereinstenors, das sich durch besondere Tristesse auszeichnete – kein Blumentopf, nicht mal ein Gliederkaktus auf dem Fensterbrett, kein Bild, nicht mal ein Reklamekalender an der Wand –, nur Aktenregale und -schränke vor einem olivgrünen Ölsockel, und der Geruch von Staub, Staat, Sturheit und verwalteten Schicksalen.

Wir marschierten also – Mike mit seinen Fototaschen und ich – durch die Flure des kleinstädtischen Gerichtsgebäudes auf das Zimmer 238 zu, wo in zehn Minuten der Prozeß beginnen sollte.

Es standen etwa zwei Dutzend Leute in verschiedenen Gruppen auf dem Gang vor dem Verhandlungsraum.

In der einen, einer kleinen Gruppe, erkannte ich den Spaßvogel Stock. Die drei Männer, die bei ihm standen, hatten ganz nette und gescheite Gesichter. Sie gehörten demnach wahrscheinlich zu den «Elementen», wenn es nicht sogar Marxisten oder – Hilfe! – Kommunisten waren.

Eine zweite, größere Gruppe bestand aus Männern, die, in der Mehrzahl in dunklen Anzügen, offenbar zu den demokratisch gewählten Volksvertretern zählten und sich hier zu einer Art Demonstration für Recht und Ordnung, vor allem aber für das Recht und die Ordnung ihres Standes, versammelt hatten.

Eine dritte Gruppe – fünf Männer – konnte ich nicht einordnen. Sie waren alle fünf sehr gut gekleidet und trugen die betonte Gepflegtheit zur Schau, die Herrenkonfektionsverkäufer, Autohändler, Frauenärzte und alternde Mimen zur Schau tragen, die nicht alt werden können. Ich weiß nicht, was das für Leute waren, vielleicht die Kommanditisten der GmbH *Aphrodite Club* . . . aber ich kam auch nicht dazu, mir darüber Gedanken zu machen, denn aus der vierten Gruppe, die nur aus Frauen bestand, löste sich eine zierliche, schlanke Person mit kurzen dunklen Haaren und winkte mir zu . . . das heißt, sie winkte in meiner Richtung – und ich sah im gleichen Augenblick aus den Augenwinkeln, daß Mike, der neben mir stand, lächelnd zurückwinkte.

«Oh», sagte ich, «kennst du die Dame?» Doch ehe mir Mike antworten konnte, kamen aus der Tür eines Zimmers neben dem Verhandlungsraum zwei Herren mit wichtigen Mienen. Sie trugen Rechtsanwaltsroben. Der eine trat auf Stock zu, der andere auf den Apotheker, den ich jetzt zwischen den schwarzgekleideten vermeintlichen Volksvertretern entdeckte.

Beide Anwälte redeten auf ihre Mandanten ein.

Stock nickte. Nußbaum zögerte – nickte dann aber auch.

Die zwei Robenträger tauschten einen Blick aus, der «Alles klar?» hieß, und dann sagte der Nußbaum-Anwalt zur neugierig gewordenen Versammlung in wohlartikulierten Worten mit klingendem Bariton: «Der Prozeß findet nicht statt, meine Damen und Herren, die Kontrahenten haben sich außergerichtlich geeinigt!» – woraufhin allgemeines «Ah!» und «Oh!» laut wurde und alle durcheinander zu reden begannen.

Mike fotografierte, ich weiß nicht, warum.

Ich wurde von den hinausstrebenden Menschen an die Seite gedrängt. Nach vier oder fünf Minuten fanden wir uns allein auf dem Gang.

Auch die winkende Editha war verschwunden . . . Aber ich mochte Mike nicht noch mal nach ihr fragen.

12

Halb vier waren wir in der Redaktion, Mike vergnügt und grinsend, ich nahe an einem Nervenzusammenbruch, weil der Kerl die 280 Kilometer in zwei Stunden und fünf Minuten gefahren war.

Ich war so leichtsinnig gewesen, seine Einladung anzunehmen und mit ihm zu fahren. Mit dem Zug hätte ich erst abends zurück sein können. Und ich war noch leichtsinniger – oder richtiger: so ungeschickt – gewesen, ihm bei Beginn der Fahrt einmal «Vorsicht!» zuzurufen, als er einen LKW schnitt, und ihm zu sagen, daß er meinetwegen nicht so schnell zu fahren brauche, ich käme auch am Abend noch zeitig genug nach Hause.

Das hatte ihn gereizt, mir seine Fahrkunst vorzuführen. Er hatte erklärt, daß er die Strecke gut und genau kenne und hatte schon die ersten neunzig Kilometer auf der schmalen, vielfach gewundenen Landstraße die Tachonadel streckenweise auf 150 gedrückt, so daß mir bereits die Knie gezittert hatten, ehe wir auf der Autobahn gewesen waren.

Ich fragte mich – als ich mal dazu kam, mich was zu fragen während dieser Fahrt – ich fragte mich also, ob ich vielleicht doch allmählich langsamere Reaktionen hätte, ob ich selber, falls ich in so einer Rakete am Lenkrad säße, zweihundert und mehr Stundenkilometer fahren würde, ob der Angstschweiß in meinen Handflächen eine Nervensache oder eine Alterserscheinung sei.

Ich hatte Angst und wagte es nicht zu sagen, um nicht ausgelacht zu werden von diesem rasenden, niederbayrischen Vollidioten an meiner linken Seite . . . Und ich hatte Magenschmerzen vor Ärger, daß ich nicht den Mut aufbrachte, meine Angst einzugestehen.

«Halt an, du Idiot!» hätte ich rufen sollen. «Halt an

und laß mich aussteigen, verdammt noch mal! Und brich dir gefälligst allein deinen ungewaschenen Reporterhals, zum Teufel!»

Doch ich rief das nicht, ich hockte blaß und stumm in dem hart stoßenden Stahlblechgehäuse, das donnernd über die Betonpiste flog . . .

«Möchten Sie einen Kaffee?» fragte mich Timms Sekretärin.

«Du siehst ja ganz grün aus! Ist dir schlecht?» fragte Timm.

«Ich bin in Mikes Porsche mitgefahren!» sagte ich. «Ein Kaffee und – wenn ihr habt – ein Cognac wären himmlisch!»

«Ja, ich kenne das», sagte Timm und holte seine Cognacflasche aus dem Schreibtisch. «Ich bin auch schon mal mit ihm gefahren. Wie ein Teufel fährt der. Aber unheimlich sicher!»

«. . . und sicher unheimlich!» sagte ich, trank den Cognac und schloß einen Moment die Augen, öffnete sie aber schnell wieder, weil ich mit geschlossenen Augen immerzu Bäume an mir vorbeirasen sah.

Der Vorzimmerengel brachte mir den Kaffee, der stark und heiß war. Langsam fingen meine Gehirnwindungen an, sich wieder zu entfitzen. Ich berichtete.

Timm sagte: «Das ist eigentlich gerade durch den abgeblasenen Prozeß eine besonders schöne Geschichte, findest du nicht?»

Ich fand das noch nicht, aber ich war auch zu angeschlagen, um mit dem Redakteur zu diskutieren.

«Laß mich bitte noch vierundzwanzig Stunden dran rumdenken!» bat ich.

Timm war einverstanden. Ich trank meinen Kaffee aus, lehnte einen zweiten Cognac mit Dank ab und ging zwei Treppen tiefer ins Schreibzimmer, um zu fragen, ob eine der Damen Zeit habe und willens sei, für mich eine Geschichte zu tippen, die ich in Olders geschrieben hatte –

meine Mehrzweckgeschichte sozusagen: Unterhaltungsliteratur als Rückversicherung mit Alibifunktion.

Das Schreibzimmer ist – räumlich gesehen – ein mittelgroßer Saal, in dem zwölf Stenotypistinnen in schallschluckenden Nischen an modernen, elektrischen, leisen Schreibmaschinen sitzen und alle die Texte in die Tasten hämmern, die ihnen aus den verschiedenen Ressorts oder von den Reportern, gelegentlich auch von den sogenannten freien Mitarbeitern, als Manuskripte gegeben oder auf Band diktiert worden sind. Das Schreibzimmer ist – politisch, also verlags-, redaktionspolitisch gesehen – neben dem Vorzimmer des Chefredakteurs wohl der wichtigste Raum im ganzen Gebäude. Denn hier läuft der gesamte Klatsch zusammen, hier wird registriert, diskutiert, kommentiert, wer mit wem eine Leiche im Keller hat oder schläft oder querliegt. Hier werden Karrieren vorbereitet, durchgeboxt – aber auch vernichtet. Hier kann der Geschickte vorher erfahren, ob Ludwig Lehmann die begehrte Reportage in Indien recherchieren und schreiben wird, oder ob Karl Kuntze das Rennen macht. Hier ist bekannt, bei welchem Friseur sich die Favoritin des Chefs vom Dienst die Haare färben läßt und welche Farbe ihre eigentliche ist – und hier herrscht einmütig die Meinung, daß das Blatt zwar das beste auf dem Markt sei, aber noch viel besser sein könnte, wenn die Kolleginnen und Kollegen in den Redaktionsetagen mehr auf das Urteil der Schreibdamen geben würden.

Ich war ziemlich beliebt, oder genauer: Ich hatte einen ziemlich guten Stand und Ruf bei den Damen, weil ich so selten kam, daß ich ihnen nicht lästig wurde, weil ich immer einen Zwanzig-Mark-Schein in die Kaffeekasse steckte, die herausfordernd neben der Tür stand, und weil ich als «Freier» (im Sinn von Freiheit) nicht so von den Strömungen und Stimmungen, Tendenzen und Intrigen im Hause abhängig war, und nicht zuletzt, weil ich es instinktiv vermieden hatte, eine der Damen zum Essen einzuladen oder auf einer der Parties im Hause abzuknutschen, obschon mir da oft genug freundliche Angebote gemacht worden waren, die ich jedoch immer ohne Kränkung und so elegant wie möglich hatte abbiegen können.

Das hatte ich nicht immer ohne Bedauern getan, denn einige der Damen waren überaus attraktiv.

Heute hatte ich doppeltes Glück: Erstens brauchte ich nicht zu warten, und zweitens war es ausgerechnet Felicitas, Fee genannt, die mir den Vorzug gab, die Gnade gewährte, die Auszeichnung angedeihen ließ, für mich zu schreiben.

So saß ich also von 16 bis 18 Uhr 30 (Fee hatte Spätdienst bis 20 Uhr) neben dem kastanienfarbenen Haarschopf, in der *ma-griffe*-Wolke und bewunderte die Schönheit und Tüchtigkeit der Tipperin zwischen den Diktatsätzen so oft, daß sie mich zum Schluß strahlend anlächelte und sich sogar herbeiließ, meine Geschichte «Klasse!» zu finden.

Es waren 20 Seiten geworden. Ich bedankte mich herzlich, las bei einem Glas Bier in der Verlagskantine oberflächlich Korrektur und brachte das Manuskript *Dein Mord in Gottes Ohr* ins Zimmer der für die Kurzgeschichten zuständigen Redakteurin. Sie war schon weg. Ich legte es auf den Schreibtisch und bat mit ein paar handgeschriebenen Zeilen um Nachricht nach Lektüre und rief von ihrem Telefon aus zu Hause bei Charlotte an.

«Mein Schatz», sagte ich, «ich eile in deine Arme! Wenn ich – das sei vorsorglich vermerkt – nach Parfum rieche, dann ist das nicht der Duft der Sünde, sondern die Arbeitsatmosphäre der *Komet*-Redaktion!»

Das mußte ich erklären, und ich erklärte es.

«Dann komm, mein Armer!» spottete Charlotte. «Komm heim aus dem feindlichen Leben, von Scylla und Charybdis und wie die Versuchungen alle heißen, du so heftig Bedrohter! Soll ich dir schon die Kamelhaarpantoffeln warmstellen?»

«Ja, bitte», sagte ich, «und wenn du auch ein Butterbrot für mich aufhebst, bin ich dir dankbar! Aber dennoch ... Scylla und Charybdis waren keine Versuchungen, das weiß ich als Humanist besser, mein Lottchen, wenn ich dir auch das Wasser nicht reichen kann, was neuere Literatur angeht, siehe *Der Schuß von der Kanzel*!»

«Der Herr Meyer, welcher dies gedichtet hat», kiekste Charlotte, «ist nicht unbedingt als Verfasser neuerer Literatur zu bezeichnen, mein Humanist! Er hat bereits vor gut achtzig Jahren das Zeitliche gesegnet!»

«Also im Verhältnis zu dem Herrn Odysseus», stritt ich, «der deinen Versuchungen Scylla und Charybdis entronnen ist, die in Wahrheit böse Ungeheuer und gar nicht verführerisch waren – Scylla soll ein fischschwänziges Weib mit mehreren Hundeköpfen gewesen sein, dem Vernehmen nach –, also im Verhältnis zum Alter des nicht verführten griechischen Herrn vor etwa viertausend Jahren ist dein Conrad Ferdinand Meyer ein hochmoderner Literat ... zeitlich gesehen!»

«Komm du mir nach Hause!» sagte Charlotte. «Zu Butterbroten, Pantoffeln und Prügeln, die du verdienst!»

«Warum Prügel?» fragte ich.

«Weil du mir immerzu mein Weltbild zerstörst!» sagte sie. «Ich bin nun schon seit zwei Dutzend Jahren erwachsen und habe stets geglaubt, Scylla und Charybdis hätten diesen Odysseus verführt, weil ich damals gerade gefehlt habe in der Schule ... Und du kommst daher, nichtswürdiger Humanist, und nimmst mir auch noch diesen Glauben, nachdem du mir schon so vieles genommen hast, Verruchter!»

Wir lachten und legten auf.

Ich nahm mir ein Taxi und fuhr heim. Charlotte hatte zum Spaß tatsächlich meine Hauspantoffeln auf dem Heizkessel warmgestellt.

Ich las ihr nach dem Essen meine Geschichte vor.

«Gut», sagte sie, «richtig gut! Und auch plausibel. Ist ja klar, daß der den widerwärtigen Verführer seiner Tochter umbringen will. Erst hab ich ja gedacht, diese Art von Mord ist ziemlich konstruiert und soll mit Gewalt originell sein – aber dann, so, wie du's gebaut und geschrieben hast ... Das ist ganz glaubhaft ... Ja! Meinst du wirklich, die Kripo würde nicht drauf kommen?»

«Ich halte es für unwahrscheinlich», sagte ich. «Die Fachleute werden zwar meckern. Sie werden behaupten, daß so ein Unfallopfer immer genau untersucht wird – aber das stimmt in der Praxis nicht. Keiner kommt auf die Idee, in so einem Fall an Mord zu denken.»

«Du mußt es ja wissen», sagte Charlotte. «Wenn das stichhaltig ist, dann kann dir keiner was am Zeuge flikken. Aber unabhängig von den fachlichen Sachen – Kripokram und so –, ich finde einfach die Geschichte gut. Na, und der Titel ... Spitze!»

«Danke!» sagte ich glücklich.

Es war überhaupt ein gutes Tagesende. Ich vergaß für ein paar Stunden sogar meinen bösen Plan ... vergaß ihn bis kurz vor dem Einschlafen.

Da kam er in Gestalt des verrückten Hengstes auf der Waldwiese auf mich zu galoppiert, und ich schrak hoch und lag noch eine lange Weile wach, während Lottchen schon im Schlaf schniefte ...

Am nächsten Nachmittag – Mittwoch – rief die Kurzgeschichten-Redakteurin an. Sie ist nett und versteht ihr Handwerk recht gut. Ich bin jedenfalls immer gut mit ihr zurechtgekommen.

«Tag, großer Meister», sagte sie. «Ich nehme die Geschichte – aber sie muß noch vier Seiten kürzer werden. Da ist ein Inserat auf Seite 172 vorgesehen – und Sie wissen ja, Inserate haben bei uns die absolute Vorfahrt, auch – ja, erst recht vor Literatur, Meister! Diesmal ist es ein Inserat für Whisky.»

«Das tröstet mich ein bißchen», sagte ich. «Immer noch besser als für Bundeswehr, Fußpuder oder Heino-Platten!»

«Ach», sagte sie, «haben Sie was gegen Heino-Platten?»

«Ich habe sie mir übergehört», gab ich zurück. «Als er seine erste auf den Markt brachte, habe ich sie wochenlang täglich elf Stunden lang laufen lassen. Es geht mir damit wie mit türkischem Honig: nach dem ersten Kilo mochte ich keinen mehr.»

«In welchem Zeitraum?» wollte sie wissen.

«Nach zwei Tagen», gestand ich.

«Ich kann Ihren Überdruß nachempfinden», sagte sie. «Würden Sie denn die Story selber kürzen?»

«Am liebsten ja», sagte ich, «obschon ich weiß, daß Sie eine große Begabung für –»

«Stop, Meister!» lachte sie. «Sie brauchen mich nicht an meine Fähigkeiten zu erinnern. Einer Ihrer Herren Kollegen hat mich neulich schon als die Kürz-Mahler bezeichnet!»

«Aua», sagte ich.

«Ach, ich fand es eigentlich ganz witzig», sagte sie. «Aber können Sie's bald machen, damit ich Ihre Story übernächste Woche ins Heft hieven kann?»

«Ist gebongt», sagte ich. «Danke fürs Vertrauen!»

Dann bat ich sie noch, mich mit Timm zu verbinden.

«Ich schreib den Olders-Bericht», sagte ich zu ihm. «Titel hab ich schon: *Eine stockdustere Posse mit Gesang . . .*»

«Klingt hübsch», erwiderte er, und erst dann fiel ihm offenbar ein, daß die beiden Helden Stock und Duster hießen. «Ja, sehr hübsch! Und bis wann?»

«Anfang nächster Woche hast du sie», sagte ich.

Im Hintergrund hörte ich eine weibliche Stimme etwas rufen.

«Warte mal 'n Moment!» sagte Timm und fuhr nach kurzer Pause fort: «Marianne läßt dir sagen, du möchtest bald deine Reisekostenabrechnung schicken, Mike hat seine schon abgegeben. Hast du auch so 'n Haufen Geld ausgegeben wie er?»

«Sicher», sagte ich, «die Informationen sind teuer dort.»

«Unser Revisor wird sich freuen», sagte Timm. «Also schick das bald, ja?!»

«Mach ich», sagte ich und legte auf.

Ich schrieb die Reportage, die mehr eine Glosse wurde, aber sie kam dann doch aus irgendwelchen Gründen nicht ins Heft. Vielleicht hatte was Aktuelleres gedruckt werden müssen. Vielleicht waren die Fotos nicht attraktiv genug. Vielleicht war der Schlußredakteur ein begeisterter Sangesbruder und hatte die Geschichte gekippt, weil ihm meine Seitenhiebe auf den Gesangverein nicht schmeckten.

Es war mir ziemlich gleichgültig, ich hatte schon öfter Berichte für den Papierkorb geschrieben. Sie bezahlten ja trotzdem, und ich verbuchte die Arbeit als Fingerübung – *sela*!

Im Grunde war ich sogar froh darüber, daß sie nicht erschien, denn ich hatte mir schon Gedanken gemacht, wie ich sie unterschreiben sollte. Für den Fall, daß die Kriminalpolizei nach dem Tod Kutschs auf mich kam, wäre es nicht sehr vorteilhaft gewesen, wenn mein Name unter einem Bericht aus Olders gestanden und damit dokumentiert hätte, daß ich – der Verfasser der Krimi-Story mit der gleichen ungewöhnlichen Mordtechnik in der gleichen Zeitschrift – am gleichen Ort tätig gewesen war, wo dann der Mord geschah . . .

Arg viele Zufälle, würden sie mit Recht sagen und mich heftig in die Mangel nehmen.

Und wenn ich für die Reportage das Pseudonym Dr. Bärwinkel benutzte, wäre es fast noch verdächtiger – denn sie würden ja ohne Mühe feststellen, wer sich hinter dem Decknamen verbarg.

Es war also gut, daß die *Stockdustere Posse mit Gesang* nicht erschien. Ich legte das Manuskript in den Leitzordner, auf dessen Rücken ich STOFFE, PLÄNE, MATERIAL geschrieben hatte, und widmete mich nun den letzten Vorbereitungen für die Beseitigung Arno Kutschs.

Zwei Tage nach dem Erscheinen der Geschichte *Dein Mord in Gottes Ohr* im *Komet* rief ich von einem Münzfernsprecher am Hauptbahnhof aus in Olders die Firma Kutsch an und verlangte den Chef persönlich. Die Telefonistin in seiner Zentrale verband mich mit seinem Vorzimmer, und die Trulla dort wollte absolut wissen, in welcher Angelegenheit ich den hohen Herrn zu sprechen wünschte.

«Das kann ich ihm wirklich nur ganz persönlich sagen, liebes Fräulein», säuselte ich.

«Wie war Ihr Name? « wollte sie mindestens wissen.

«Auch das kann ich ihm nur selber mitteilen – wenn überhaupt», erwiderte ich. «Der Name würde ihm auch gar nichts sagen. Also bitte, geben Sie Ihrem Herzchen ein Stößchen und verbinden Sie mich!»

«Ich weiß nicht . . .» brummelte sie stur. «Können Sie mir denn nicht wenigstens sagen, in was für einer Angelegenheit Sie anrufen? Wenigstens als Stichwort!»

«Okay, ein Stichwort kann ich Ihnen geben», sagte ich, «sogar ein paar Stichworte: Melden Sie Herrn Kutsch, ich wollte ihn in einer hochinteressanten, aber sehr delikaten Grundstückssache sprechen. Sagen Sie ihm vor allem, daß ich aus Hannover anrufe, aus der Landeshauptstadt. Sie können ihm auch sagen, daß hier unter anderem überregionale Baupläne gemacht werden. Genügt das?»

Nun war sie doch eingeschüchtert.

«Landeshauptstadt» und «überregionale Baupläne», das klang so, daß sie nichts zu riskieren wagte.

«Ich verbinde!» sagte sie.

Es knackte. Ich steckte auf alle Fälle zwei Fünf-Mark-Stücke in den Münzautomaten – . . . Kutsch war am Apparat. Er sagte nicht seinen Namen, sondern nur «Ja, bitte?».

«Entschuldigen Sie die etwas . . . nun, etwas formlose Art meines Anrufs, Herr Kutsch», sagte ich, «aber ich möchte zunächst auch meinen Namen noch nicht preisgeben, was Sie bestimmt verstehen werden, wenn ich Ihnen sage, worum es sich handelt.»

«Tja», sagte er, «das klingt ja ziemlich geheimnisvoll!» Er lachte seine widerliche Lache. «Schießen Sie man los! Aber machen Sie's kurz, wenn ich bitten darf. Ich habe Termine!»

«Ist recht», sagte ich, «so kurz wie möglich. – Ich arbeite hier als . . . na, das ist ja egal, als was . . . jedenfalls in einem Ressort der Landesregierung. Wir haben seit ein paar Tagen Pläne auf dem Tisch . . . großräumige, von Bonn angeregte und favorisierte Pläne, die auch den Kreis Olders betreffen. Ich habe mir also eine potente Baufirma herausgesucht, die vielleicht interessiert sein könnte, sich im Vorwege bestimmte Gelände zu sichern, die jetzt lediglich landwirtschaftliches Nutzungsgebiet sind – aber in absehbarer Zeit ein Vielfaches an Wert haben werden.»

«Was nennen Sie ‹absehbare Zeit›?» unterbrach Kutsch, hörbar animiert.

«Drei bis sechs Jahre», sagte ich. «Es heißt zwar, daß bereits in zwei Jahren die Trassen . . . äh . . . pardon . . . ich möchte da vorläufig keine Einzelheiten nennen – aber zwei Jahre scheint mir unrealistisch. Nach meiner Erfahrung wird man nicht vor vier Jahren die Genehmigungsverfahren durchgezogen haben.»

Ich schwieg. Es war nicht warm in der Telefonzelle, aber ich schwitzte. Mein erstes Fünf-Mark-Stück war gleich abgelaufen.

«Tja . . .» sagte Kutsch, «das hört sich ja soweit ganz interessant an . . . Aber ehe ich da nicht mehr weiß und nichts Konkretes sehe . . . – Was wollen Sie mir denn verkaufen?»

«Einblick in die Pläne!» sagte ich. «Die Möglichkeit, der erste bei einem Millionengeschäft zu sein!»

«Zu welchem Preis?» fragte er.

«Darüber müssen wir reden!» sagte ich.

«Gut!» sagte er. «Und wann? Und wo?»

«Heute ist Freitag», sagte ich. «Wie wäre es Sonntag früh?»

«Soll mir recht sein», sagte er. «Und wo schlagen Sie vor?»

«An Ihrer Hengstweide», sagte ich. «Acht Uhr!»

Er war verblüfft: «Woher wissen Sie, daß ich . . . äh . . . wo mein Hengst . . .?»

«Ich informiere mich immer sehr gründlich, ehe ich etwas anfasse, besonders dann, wenn es heiß ist!» sagte ich.

«Das spricht für Sie!» lachte er.

«Danke verbindlichst!» sagte ich. «Daß wir uns zunächst unter vier Augen treffen, ist ja wohl selbstverständlich!»

«Selbstverständlich!» bestätigte er.

«Bis Sonntag früh also, Herr Kutsch!» sagte ich und legte auf, ohne seine Antwort abzuwarten.

Ich achtete nicht darauf, ob noch und wieviel Geld im Apparat war, ging hinaus aus der engen Zelle und holte tief Luft.

13

Es war schon hell, als ich startete, und als ich auf die Autobahn fuhr, stieg gerade die Sonne über die Schornsteine. Halb fünf.

Ich hatte gerechnet, daß ich etwa drei Stunden brauchen würde, wo Mike nur zwei Stunden gefahren war, der Verrückte. Und eine halbe Stunde Spielraum war immer gut.

Auf keinen Fall wollte ich abgehetzt sein, wenn ich vor Kutsch stand. Es würden Ruhe, Konzentration und Selbstbeherrschung nötig sein, damit alles so ablief, wie ich es geplant hatte. Am schwierigsten würde es werden, ihn dazu zu bringen, den Cognac zu trinken, der ihn widerstandslos machen sollte.

In meiner Geschichte gab es diese Schwierigkeit nicht, da war Kuniss ein Einsneunzig-Mann mit Bärenkräften, ähnlich wie Schnurbusch, der mir für die Figur ja zum Vorbild gedient hatte . . . ohne es zu wissen. Und dieser Kuniss hatte keine Mühe gehabt, den kleineren, schwächeren Meinecke, den Lumpen, die Ratte, den miesen Verführer seiner Tochter mit dem hufeisenbewehrten Knüppel niederzuschlagen, zu töten.

Aber ich . . .?

Kutsch war nicht viel mehr als eine Handbreit kleiner als ich – doch er war breiter und sicher kräftiger und bestimmt besser in Form. Wenn es mir nicht gelang, ihn so überraschend zu treffen, daß ihn gleich der erste Schlag außer Gefecht setzte . . . wenn er sich erst zur Wehr setzen konnte, waren meine Chancen gering. Deshalb hatte ich vorsorglich den Cognac mit einer Überdosis Schlafmittel angereichert. Ich wollte sichergehen und nichts riskieren. Ich würde ihm also zuerst, ehe ich ihm die falschen Karten und Papiere zeigte, einen Cognac anbieten, mit dem Spruch: «Kühl, heute früh! Bitte, machen Sie mir die Freude, Herr Kutsch, einen Schluck vor dem Rennen, als ‹Satteltrunk› gewissermaßen, anzunehmen!» – Und dazu würde ich den silbernen Schraubbecher füllen und ihm reichen.

Es war nicht anzunehmen, daß er es ablehnen würde.

Und dann würde ich ihm auf dem Kühler seines Bentley, wenn er damit gekommen war, oder auf dem Kühler meines Citroën die Karten zeigen und die Zahlenkolonnen auf den DIN-A 4-Blättern und würde ihn die fünf, acht Minuten vollquatschen, bis der Cognac wirkte und er zu taumeln anfing. Und dann – na ja, der Rest war ein Kinderspiel ... Quatsch, eine Leichtigkeit!

Hoffentlich war er nicht zu schwer, damit ich ihn auch über das Gatter kriegte. Und hoffentlich gelang mir der Schlag mit dem Hufeisenstock, den ich im Kofferraum hatte, so, daß es tatsächlich überzeugend nach einem Unfall aussah, nach einem Hufschlag des verrückten Hengstes ... so überzeugend, daß sie nicht auf den Gedanken kamen, Kutsch zu obduzieren oder sein Blut, seinen Urin untersuchen zu lassen oder sonstwas, wobei sie dann das Barbiturat sofort feststellen würden.

Aber warum sollte der Arzt, der als erster gerufen wurde, bei so eindeutigen äußeren Umständen an ein Verbrechen, an Mord denken? Und wenn der Arzt «Tod durch Schädelbasisbruch, hervorgerufen von äußerer Einwirkung – Hufschlag –» sagte, dann möchte ich wohl mal den Kleinstadtpolizisten sehen, der das anzweifelte.

Das alles ging mir durch den Kopf auf der morgendlich leeren Autobahn.

Es war ein wundervoller Junimorgen. In vier bis fünf Stunden würden die Autobahnen, Landstraßen, Wiesenwege und Waldränder voller Ausflügler sein.

Ich erschrak.

Hoffentlich war der Wald um Kutschs Weide nicht auch ein beliebtes Sonntagsausflugsziel! Aber früh um acht, zur Zeit meines Rendezvous mit dem Objekt meines jahrzehntealten Hasses, zu dieser Zeit würden dort bestimmt noch keine Leute sein, beruhigte ich mich selber.

Es hatte eine kleine, unerwartete Komplikation gegeben, ehe ich zu diesem Rendezvous hatte aufbrechen können. Als ich Charlotte am Freitagabend vorgelogen hatte, daß ich Sonntag wegfahren müßte, um einen Naturheilpraktiker in der Heide zu interviewen, den ich als Figur für eine Geschichte verwenden wollte, hatte sie erklärt, daß sie mitfahren möchte.

«Die Heide ist schön im Juni», hatte sie gesagt. «Ich lauf ein bißchen durch den Wald, während du mit deinem Wunderdoktor ackerst, ja!»

Erst hatte ich es mit Ausflüchten versucht: «Aber ich fahre im Morgengrauen los und will den ganzen Vormittag – bestimmt sechs bis sieben Stunden – neben ihm in seiner Schäferkate sitzen und ihm bei der Arbeit zuschauen!»

«Sonntags?» hatte Charlotte gezweifelt.

«Ja», hatte ich gesagt, «das ist so ein kurioser Kauz, der heilt nur sonntags von Sonnenaufgang bis Mittag. Von überall kommen die Leute zu ihm und –»

«Oh, das ist interessant!» hatte Charlotte mich unterbrochen. «Das will ich sehen! Und vielleicht kann er mir ja auch mein ... äh ... mein Ohrensausen wegkurieren!»

«Seit wann hast du denn Ohrensausen, Lottchen?» hatte ich erstaunt gefragt.

«Seit langem! Mindestens vierzehn Tage. Ich habe es dir nur nicht gesagt, weil ich eben ein Mensch bin, der seine Schmerzen allein trägt!»

Ich hatte lachen müssen.

«Fein», hatte Charlotte gesagt, «fahren wir also bei Tagesanbruch in die Heide!»

Ich war ziemlich ratlos gewesen, wie ich sie davon abbringen sollte – und als ich ihr am Sonnabendnachmittag schließlich gesagt hatte, daß ich sie wirklich nicht bei diesem Interview gebrauchen könnte, weil ich mich da mächtig konzentrieren müßte, aber daß ich ihr fest verspräche, wir führen noch mal zusammen dorthin, obschon ich nicht wußte, woher ich einen kauzigen Wunderdoktor in einer Schäferhütte in der Heide kriegen sollte – als ich das gesagt hatte, war sie sauer gewesen, hatte mich verdächtigt, früh um fünf ein Abenteuer suchen zu wollen, hatte gesagt, daß ich ein Egoist sei, ein unausstehlicher Kerl, ein – ach, was nicht alles . . .

Wir hatten uns nur halb versöhnt gestern abend, ich überlegte, was ich tun könnte, um sie mir wieder geneigt zu machen – aber mir fiel nichts ein.

Ich mußte erst mal den – ja, zum Teufel, warum drumrum reden – den Mord hinter mir haben.

Dann würde sich schon was finden.

Ich erreichte das Dorf Lütgenrode oder Lütgenbrook halb acht, fuhr hindurch, war knapp zehn Minuten später an der schmalen Straße, die in den Wald führte, hielt am Waldrand, hatte unbändigen Appetit auf eine Zigarette, aber keine bei mir, und auf einen Cognac, aber ich hatte nur den für Kutsch im Auto.

Ich konnte noch immer umkehren, nach Hause fahren, alles zu vergessen versuchen. Aber ich würde Tanjas Blick nicht vergessen, als sie aus Onkel Stepans Stube geholt wurde . . . Und ich würde Kutschs Stimme nicht vergessen, als er in Sumy sagte: «Regen Sie sich nicht auf! Sie ist nicht allein. Onkel Stepan begleitet sie. Wenn auch wahrscheinlich in einem anderen Viehwagen.»

Und ich würde den Musiker Schnurbusch und seine gelähmte Tochter nicht vergessen . . .

Ich startete, gab Gas und fuhr in den Wald, durch dessen Baumwipfel die Sonnenstrahlen wie Speere stachen.

Kutsch war schon da, als ich an den Eingang zur Pferdekoppel kam. Sein Bentley stand am Wegrand. Der Kofferraum war offen. Im Gras lag ein Sattel.

Ich hielt, stellte den Motor ab und stieg aus. Vor und hinter dem Luxusauto war niemand.

Ich rief: «Hallo!»

Keine Antwort.

Ich ging zum Gatter. Dahinter stand der Hengst und schnaubte.

Vor ihm im Gras lag Kutsch.

Ich ging näher. Das Pferd stampfte aufgeregt. Kutsch lag auf dem Rücken. Über sein Gesicht sickerte Blut. Auf der linken Schläfe war ein blutiger Hufeisenabdruck deutlich zu sehen. Im Gras war auch Blut. Kutschs Augen waren offen.

Er war tot.

Ich rief leise: «Hallo, Herr Kutsch!»

Das Pferd schnaubte mit blubbernden Lippen.

Ich wandte mich ab, rannte zu meinem Wagen, stieg ein und fuhr schnell davon.

Auf der anderen Seite des Waldes mündete der Waldweg nach etwa drei Kilometern wieder in die Landstraße. Dahin fuhr ich, weil ich nicht wenden wollte. Ich hatte den Waldrand noch nicht erreicht, da sah ich den großen, breitschultrigen Mann mit dem Kalabreser vor mir gehen.

Ich stoppte den Wagen direkt neben ihm und öffnete die Tür: «Wollen Sie mitfahren?» fragte ich.

Er sah mich an wie einen Geist.

«Sie?! Was . . . was . . . Wie kommen Sie denn hierher?» fragte er.

Ich gab keine Antwort. Er stieg ein. Wir fuhren weiter.

Als der Wagen auf der Landstraße rollte, sagte ich: «Man soll Hufeisen nicht immer als Glücksbringer aufheben, Herr Schnurbusch! Haben Sie es schon weggeworfen? Weit weg?»

«In den Teich neben der Weide . . . Aber . . . Woher wissen Sie . . .?»

«Das sag ich Ihnen viel später mal!» versprach ich.

«Ich . . . ich konnte nicht mehr anders . . .» sagte er.

«Dein Mord in Gottes Ohr!» flüsterte ich und gab Gas.

Serientäter

Andreas Anatol
Ein Traum namens Nadine (2606)
Das Vermächtnis des Ramón Amador, der von alledem keine Ahnung hatte (2627)
Nach einem lasterhaften Leben (2695)

Horst Bastian
Das Märchen vom Prinzen im Rollstuhl (2574)
Nicht jeden Tag ist Beerdigung (2615)

Karl Heinz Berger
Vergangenheit geteilt durch drei (2658)

Horst Bieber
Sackgasse (2598)

Thomas Henege
Tod eines Reeders (2650)
Drahtseilakt (2713)

Marcus P. Nester
Das leise Gift (2697)

Klugmann/Mathews
Beule oder Wie man einen Tresor knackt (2675)
Ein Kommissar für alle Fälle (2700)

Peter Schmidt
Die Regeln der Gewalt (2686)
Ein Fall von großer Redlichkeit (2701)
Erfindergeist (2719) Juni 85

Werner Waldhoff
Des einen oder anderen Glück (2648)
Der Ausbruch (2671)
Der Schattenboxer (2692)

C. U. Wiesner
Das Möwennest (2652)

thriller rororo

C 2115/4